# Le prince
# des apparences

Illustration de couverture :
Élène Usdin

Catherine Zarcate

# Le prince des apparences

BAYARD JEUNESSE

3, rue Bayard, 75008 Paris
ISBN : 2-7470-1718-4
Dépôt légal : avril 2005

# À Bagdad

C'était à Bagdad, à l'époque d'Haroun Al Rachid, Commandeur des croyants, Couronne sur la tête de ses sujets, Lumière du siècle. La ville brillait des lumières de son roi. Sa magnificence attirait les artistes et les philosophes, sa richesse les marchands et les voleurs. À ses portes, les caravanes se croisaient sans cesse. Poussiéreuse, bruyante et dorée, c'était la ville la plus animée de son temps.

Au cœur de la ville s'étalait, immense, labyrinthique et mystérieux, le souk des marchands. Et au cœur de ce souk, dans un certain entrepôt très secret et volontairement introuvable, se tenait une bien étrange réunion.

Tels des comploteurs, les parasites de Bagdad s'étaient assemblés au grand complet et discutaient avec effervescence.

Mais il faut dire d'abord qu'à Bagdad tous les métiers étaient organisés en corporations, jusqu'aux voleurs et aux parasites.

Les parasites étaient des gens qui aimaient entrer chez les autres quand il y avait une fête, qu'elle fût privée ou officielle, peu importe du moment qu'ils n'y étaient pas invités... Ils profitaient, mangeaient, riaient, lançaient des bons mots, ou faisaient guiliguili au nourrisson, ou bénissaient les mariés, selon ! Ils vivaient ainsi.

Les maisons les plus riches tentaient de s'en protéger en embauchant des portiers, pour refouler les intrus. Les portiers mettaient un point d'honneur à repérer les parasites sous n'importe quel déguisement, et les parasites jubilaient quand ils réussissaient à passer quand même.

Une fois passés, leur point d'honneur à eux, c'était, au minimum, de goûter au buffet, et, au maximum, d'entendre les hôtes les remercier d'être venus !

Or, ce jour-là, les parasites tenaient une occasion unique : entrer dans une fête de classe royale !

Mais la difficulté d'entrer était à la mesure de l'événement...

Tous l'appelaient déjà la Fête du siècle ; depuis le matin, un défilé ininterrompu d'hommes et de mules avait transporté les plats les plus rares, les plus odorants, les plus raffinés, dans les cuisines du palais d'un certain vizir.

On disait que le vizir était entré, la veille, dans chaque boutique, avait tout regardé, et d'un œil sûr choisi le meilleur, commandé des quantités colossales et payé sans marchander !

Le souk des provisions de bouche en était resté bouche bée...

Les mieux renseignés disaient que, pour on ne savait quelle raison, le calife avait donné à ce vizir Carte Blanche et Libre Accès au Trésor Royal pour qu'il organise dans son palais personnel la fête d'adieu à l'ambassadeur de l'Inde. Ces fêtes d'adieu, très officielles et très fastueuses, se tenaient d'habitude dans l'enceinte très privée du palais califal, loin, très loin, de tout rêve parasite...

Maintenant, à l'entrepôt, les parasites rêvaient donc de passer, et de profiter des largesses du Trésor... C'était cela, la cause de cette effervescence...

Ils parlaient tous en même temps. Quelqu'un rappela que le nombre de portiers serait dissuasif... Véritables colosses, molosses féroces, ils étaient parfois rosses... C'étaient leurs ennemis naturels. Portiers et parasites, comme chiens et chats...

Un silence s'ensuivit.

– Sauvons l'honneur, au moins ! lança quelqu'un. Qu'un seul tente de passer !

Tous approuvèrent.

Alors, on vit, lentement, comme naturellement, les regards se diriger vers une même personne.

## Tofaïr

Là-bas, au fond, assis tranquillement sur une table, les jambes ballantes, se tenait un adolescent dans la fraîcheur de sa jeunesse et l'épanouissement de sa beauté. Il était le plus grand parmi eux, le plus doué, le plus fin, le plus subtil, celui dont le nom même, Tofaïr [1], signifiait « Parasite », mais que tous appelaient le Prince, parce qu'il avait la grâce.

Tofaïr était un gosse des rues, né dans un caravansérail. Le souk était sa maison. Un jour, il avait

1. Le mot « Tofayl » veut dire « parasite » en arabe. Mais cela donnait un caractère trop aérien au personnage, qui a été rebaptisé Tofaïr.

découvert l'entrée de leur entrepôt. Les parasites, d'abord effrayés, avaient voulu le rejeter, mais il avait si bien parlé qu'ils l'avaient accepté. Depuis, il était devenu leur coqueluche et la « couronne sur leur tête ». Car il n'avait rien d'un débutant. Il semblait savoir de manière innée l'art étrange des apparences, masques et déguisements, que le parasite met pourtant du temps à peaufiner. Il était incontrôlable pour les portiers et, une fois dans la place, il était incomparable.

Pour chacun, seul Tofaïr « passerait ».

Alors, ce jour-là, ce fut à lui qu'ils demandèrent solennellement l'impossible : passer les portiers, entrer dans le palais du vizir, parasiter la fête royale !

Pour eux, c'était une grande affaire, mais ils ne pouvaient deviner que ce choix allait projeter Tofaïr dans une bien plus grande et plus imprévisible aventure...

## Tofaïr tombe sous le charme d'une bague

Tout d'abord, il dut choisir l'habit qui convenait à une telle fête. L'erreur n'était pas permise. L'entrepôt devait son nom à un gigantesque dépôt de vêtements et parures de tous styles. Chaque parasite empruntait dans ce trésor ce dont il avait besoin. Il s'agissait de bien choisir. Il traversa lentement la garde-robe et disparut entre les cintres, parmi les robes et les manteaux d'honneur. Il en essaya plusieurs et finit par se décider pour un manteau brodé d'or et de soie dans les tons bleutés, dont les nuances délicates s'harmonisaient avec goût.

Puis il ouvrit l'énorme coffre où s'entassaient en vrac les bijoux les plus divers, depuis les plus précieux – dont les origines étaient prudemment ignorées – jusqu'aux plus clinquantes verroteries. Il passa un bon quart d'heure assis en tailleur par terre avec un amas de bijoux sur les genoux, essayant tout et déposant sur le côté les bagues rejetées. Il cherchait une bague qui fût d'un effet royal : quelque chose de discret par la taille, d'éclatant par la beauté, et qui éblouirait par sa parfaite sobriété. Un de ces joyaux qu'on trouve plus facilement aux doigts des descendants des noblesses les plus anciennes que dans les coffres des parasites...

À force de fouiner, il tomba sur une bague dont la pierre était d'un bleu profond piqué d'étoiles : un lapis-lazuli... Il se dégageait d'elle un tel mystère que le cœur de Tofaïr se mit à battre. D'un geste fébrile, il fit jouer le chaton...

Et il resta cloué de stupeur, car des sons exquis s'en échappèrent soudain : cette bague était une boîte à musique miniature ! En soulevant le chaton, il venait d'en déclencher le mécanisme ! Malgré sa taille, elle avait été conçue dans le style le plus pur, c'est-à-dire qu'un automate évoluait gracieusement au rythme de la mélodie ! C'était un minuscule oiseau d'or, plus petit que le quart d'un ongle, dont les yeux étaient deux rubis grands comme la tête d'une épingle et les plumes, des feuilles de l'or le plus rare. Il était monté sur une tige d'or, fine comme un cheveu, articulée elle-même sur une minuscule plate-forme. L'oiseau faisait un petit circuit suivant une arabesque compliquée : il avançait tout en tournant sur lui-même, et s'arrêtait en fin de course.

Émerveillé, Tofaïr fut pris de vertige à l'idée du travail que ce chef-d'œuvre représentait et, avec un œil d'orfèvre, il en admira les moindres détails. Enfin, il referma le chaton, le rouvrit, et l'oiseau recommença sa parade. Il comprit alors qu'en rabattant le chaton il venait de remonter le mécanisme.

Quelle merveille ! Quelle pure merveille !

Il en fut tellement séduit qu'il rit aux anges, assis tout seul dans son coin sombre, illuminé comme un enfant, actionnant sans cesse le mécanisme sans pouvoir se rassasier du spectacle.

Finalement, après l'avoir caressée longuement, il resta un instant en suspens, puis, pris d'une inspiration subite, il jeta un regard furtif pour s'assurer qu'il n'était pas visible, et d'un geste vif il glissa l'adorable bague dans sa poche.

Or ce geste devait se révéler lourd de conséquences...

## Tofaïr le parasite en action

Le visage radieux, Tofaïr se dégagea des cintres et tourna complaisamment sur lui-même, se laissant admirer dans ces atours princiers qu'il semblait porter de toute éternité. Un chœur chaleureux accompagna ses ronds de jambe, et chacun lui souhaita bonne chance et bonne chère. Il salua tout le monde d'un petit geste inimitable, où sa grâce était tout entière résumée, et sortit affronter l'élite des portiers.

Bien évidemment, dès qu'il fut dehors, il s'empressa de ressortir la bague, la passa à son doigt, fit virevolter sa main dans la lumière et, satisfait de l'effet, se dirigea d'un pas nonchalant vers le palais du vizir.

Dans la rue, on se retournait sur lui, et les gens louaient Dieu sur son passage d'avoir uni dans sa générosité tant de beauté et tant de richesse !

En cours de route, il sentit monter en lui l'influence de son habit : une aura de royauté commença à imprégner sa démarche, puis son regard, ses gestes les plus infimes, et enfin pénétra jusqu'à la moelle de ses os.

Lorsqu'il entra dans l'antichambre du palais, où se tenaient plus de cinquante portiers, il était prince, fils de prince, petit-fils de prince, et sa tête adopta d'elle-même ce port aristocratique qui est l'apanage des lignées vieilles de dix générations.

Quand les portiers le virent s'avancer, ils reconnurent d'emblée en lui le style caractéristique du prince véritable, qui s'exprime ainsi : son port de tête oblige un prince à ne jamais regarder le portier ; son regard passe quelques centimètres au-dessus du turban dudit portier... et pourtant, avec une noble simplicité, le prince véritable sourit au portier, si bien que celui-ci reçoit ce sourire en plein cœur.

C'est ce fameux sourire que les portiers appellent entre eux « le sourire sans les yeux », qui les comble d'une joie attendrie et leur sert de critère absolu, car ils le savent rigoureusement inimitable.

Or Tofaïr savait si bien se mouler dans une autre existence qu'il fut vraiment à cette heure un prince véritable. Et, sans même le faire exprès, il arbora ce sourire avec un naturel parfait.

Que voulez-vous ! Un portier n'est qu'un portier. Pourquoi mettrait-il en doute le naturel ?

Ce fut donc la conscience parfaitement tranquille que les portiers rompirent leur mur en s'inclinant respectueusement sur son passage.

Et Tofaïr passa, le pied allègre et le sourire de la victoire au coin des lèvres.

Il gagna rapidement l'immense salle de réception et, une fois là, il ralentit, adoptant la démarche lente et tranquille d'un hôte de marque. Et pendant que ses pieds démontraient son élégance princière, son œil furetait avec ardeur et repérait le buffet.

Or, de même que le cheval sent l'écurie, un parasite sent le buffet ! Mais il maîtrisait son impatience avec grâce.

Il n'avait fait que quelques pas lorsqu'il vit un homme – de toute évidence le maître de maison lui-même – se diriger en toute hâte vers lui. Lui, personnellement. Son cœur de parasite marqua un temps d'arrêt. Sa première pensée fut qu'il avait été repéré.

Mais non, voilà que l'homme lui sourit de loin, étendit les bras en un geste de bienvenue, fit de grandes gesticulations d'amitié, et enfin, arrivé à portée de voix, lui cria :

– Ô mon hôte ! Enfin te voilà ! On n'attendait plus que toi pour commencer la fête ! Sois le bienvenu dans ma demeure !

Pendant une seconde, Tofaïr se demanda si le vizir ne possédait pas un sens de l'humour plus développé que le commun des mortels... Évidemment, il était notoire qu'une fête sans parasite était une fête ratée, mais de là à lui réserver un tel accueil...

Qu'est-ce que cela voulait dire ? Perplexe, il se rabattit en urgence sur le dernier recours du parasite en action : attendre prudemment. Rester vague et bref, laisser parler l'autre jusqu'à ce que la situation se clarifie.

– Je suis très honoré.

Évitant la précision comme la femme évite le serpent, et empruntant à ces deux derniers leur sens aigu du charme hypnotique, il sourit avec grâce...

Le vizir parut enchanté. Tout en bavardant, il glissa son bras sous celui de Tofaïr, et le conduisit au buffet. La foule s'ouvrit pour les laisser passer, et Tofaïr avança sous les salams de tous et leurs souhaits de bienvenue.

Cela ne faisait plus aucun doute : on le prenait pour quelqu'un d'autre !

Restait à savoir le plus important : pour qui le prenait-on ?

En attendant, il apprécia la qualité du buffet et en profita allégrement...

Il choisit les mets avec zèle, sous l'œil réjoui du vizir, heureux qu'on fît honneur à sa table.

Très vite, Tofaïr trouva un sujet de conversation où il se sentait à l'aise : il complimenta le vizir pour la rareté des plats. Et ce fut bien trouvé ; le vizir s'éclaira et se mit à narrer en détail comment il avait conçu sa fête, ses nuits d'insomnie passées à choisir les artistes, à innover, bref, son désir de faire date dans l'histoire des réceptions.

Tofaïr le laissait parler, oreille attentive, mâchoire active... Sa tactique était simple : tourner à son profit l'adage « On ne parle pas la bouche pleine »...

Au bout de dix minutes, le vizir ne l'avait toujours pas abandonné pour s'occuper de ses autres invités ! Ce n'était pas normal... Bien que la situation fût piquante, il était urgent d'en savoir plus. Avec la ruse du renard, Tofaïr dirigea imperceptiblement la conversation vers la politique et laissa le vizir s'y engager, pendant que lui s'occupait d'un petit pâté aux poissons et aux câpres.

La conversation s'« orienta » immédiatement, au sens propre, en direction de l'Inde. Tofaïr devint extrêmement attentif à son pâté aux câpres. Le sujet était dangereux : toute la fête était donnée en l'honneur de l'Inde. Et, entre deux phrases du vizir, il saisit ceci : *on le prenait pour l'ambassadeur de l'Inde lui-même, le roi de la fête !*

## Tofaïr et l'imposture

Fichtre ! La position était inconfortable !... Mais tellement excitante ! Tofaïr décida de jouer le jeu jusqu'à l'apparition du véritable ambassadeur. Quand viendrait l'heure, il saurait bien se tirer d'affaire. Il avait d'ailleurs la réplique toute prête : s'il avait agi ainsi, c'était pour sauver la vie de l'ambassadeur lui-même !

En effet, que Son Excellence imagine un instant ce qui serait advenu sans cet intérim : comme la fête ne pouvait commencer sans lui, tout le monde aurait dû l'attendre. Le buffet aurait refroidi, et certains plats auraient été irrémédiablement gâchés. Les mines se seraient allongées, la déception serait arrivée avant lui, suivie de la mauvaise humeur. Pour finir, nul doute qu'on aurait médit du retardataire... Quand sa bouche est vide, l'humain a la dent dure... Son Excellence n'aurait certes pas pu résister à une telle accumulation de médisances et serait morte prématurément, terrassée par le mauvais œil !...

Il était sûr qu'avec cela l'ambassadeur l'inviterait officiellement.

Il s'appliqua donc à devenir plus ambassadeur de l'Inde que l'ambassadeur de l'Inde lui-même. Pour le plaisir, pour ne pas décevoir l'assemblée, et enfin pour la gloire des ambassades. Son idée secrète était même d'être tellement charmant que tous le regretteraient quand le vrai arriverait !

C'est ainsi que Tofaïr, mû par l'esprit de jeu, et sans penser à mal, dépassa le rôle des parasites et franchit la frontière de l'imposture.

Or cela devait être lourd, très lourd de conséquences...

Brandissant un feuilleté farci aux petits légumes, tel Çiva son trident, il commença donc à inventer la vie quotidienne à la cour indienne. Trois minutes plus tard, il avait oublié qu'il n'y était jamais allé et en parlait comme s'il y était né.

Il fut si brillant qu'il devint bientôt le centre de la fête, attirant à lui aussi bien les amateurs d'histoires que les serviteurs chargés du service. Et il remplit les oreilles des premiers tout en vidant les plateaux des seconds.

Et les heures passèrent ainsi, agréablement.

Mais l'ambassadeur n'était toujours pas là.

Tofaïr, un peu grisé par le vin et l'ambiance, finit par douter de son existence – d'autant plus qu'il le remplaçait si bien – et n'y pensa plus.

Vint le moment d'écouter les joueurs de luth. Le vizir fit asseoir son invité d'honneur à son côté sur un sofa, et ils se répandirent en soupirs admiratifs et gémissements de délice.

Or le luth ouvre les cœurs. Une fois le concert achevé, le vizir sourit à son hôte. Dès le début de la fête, il avait succombé à son charme. Maintenant, le luth aidant, il le chérissait comme un frère. Étrangement, il se sentait en confiance auprès de lui comme s'il l'avait toujours connu. Ce n'était pas tant son intelligence vive qui l'attirait que sa manière d'écouter, profonde, attentive, pleine d'intérêt. Car il est vrai que, si Tofaïr savait parler, il savait aussi merveilleusement écouter. Son cœur semblait ouvert à tous, avide de tout comprendre, comme son intelligence était avide de tout connaître.

Le vizir se laissa donc aller aux confidences. Il expliqua à son hôte, d'abord à mots couverts, puis de plus en plus amers, à quel point il était difficile d'être vizir auprès d'Haroun Al Rachid. Tofaïr sentit que même le silence devenait dangereux, avec un sujet pareil.

Il osa un commentaire :

– Il s'en prend à vous pour ne pas s'en prendre à lui-même !...

Le vizir apprécia cette complicité. Puis, dégrisé, comprenant qu'il avait trop parlé, il sourit et dit :

– Ta présence m'est précieuse !

Tofaïr frissonna imperceptiblement...

## Le jeu tourne court... ou long ?

Puis le vizir s'avisa de l'heure et déclara, soudain très officiel :

– J'ai pris un plaisir infini à partager avec toi cette fête... J'aurais aimé te garder ici une éternité, car la contemplation de ton visage lumineux réjouit mon cœur. Mais je sais qu'une longue étape t'attend jusqu'au premier puits du désert ; ta caravane est prête. Je ne puis te retenir plus longtemps sans risquer de te nuire. Sache pourtant que, pendant que tu dormiras sur le sable du désert, moi, je resterai dans l'insomnie à cause du regret où je suis de te voir partir !

Ces mots atteignirent Tofaïr en pleine lourdeur de ventre. Il eut la chair de poule, et son cœur se mit à battre frénétiquement.

Parce qu'il fallait bien se rendre à l'évidence : l'ambassadeur de l'Inde n'était pas arrivé, et il était clair qu'il ne viendrait plus ! Tofaïr trouva cette clarté très obscure...

Sans aucune pitié, la dure réalité le réveilla brutalement : on attendait de lui qu'il se levât et quittât Bagdad sur l'heure, car il était ambassadeur de l'Inde, et sa caravane l'attendait dehors !

Et voilà ! Il avait mangé en tant qu'ambassadeur de l'Inde ; il avait parlé toute la soirée comme un ambassadeur de l'Inde ; et à présent il était naturel que l'ambassadeur de l'Inde rentrât en Inde. Il n'avait pas le choix. Il était piégé par son propre jeu.

Il avait assez de classe pour trouver indécent d'avouer maintenant son imposture, et assez de clairvoyance pour comprendre que, de toute façon, un tel aveu ferait du vizir son pire ennemi et le projetterait directement dans la plus odieuse des prisons.

Tofaïr préférait encore le grand air du désert ! Il se tourna donc vers le vizir et dit avec l'autorité soudaine de celui qui cherche à se convaincre :

– Mène-moi à mes gens !

– J'écoute et j'obéis, répondit le vizir. Viens et suis-moi !

Il le mena dans la cour intérieure du palais, où les chameliers avaient fait agenouiller leurs bêtes et attendaient en cercle l'arrivée de leur maître. L'entrée de Tofaïr leur donna le signal du départ. En un instant, la cour se remplit de cris de chameliers, de beuglements de chameaux qui se dressaient, l'un après l'autre, et dont les silhouettes se dessinaient dans l'aube naissante.

Tofaïr patienta sans bouger jusqu'à ce que tout fût prêt, comme il sied à un ambassadeur. Enfin, le vizir, heureux de voir s'éloigner le témoin de ses confidences excessives, répéta encore une fois :

– Ta présence m'a été précieuse !... Que Dieu t'assure la sécurité tout le long du voyage !

Tofaïr sourit une dernière fois au vizir. Puis il lança un ordre, et la caravane s'ébranla.

La foule de ceux qui restaient l'accompagna de ses bénédictions et le suivit longtemps du regard, avec cette tendre nostalgie, teintée d'envie et de rêverie, qu'ont toujours les foules qui restent...

# Dans le désert

Ils étaient partis un peu tard. Le jour se levait déjà. Passé les portes de Bagdad, les guides imposèrent aux chameaux une marche forcée pour rejoindre le puits au plus vite. Ils étaient inquiets, car la caravane était longue, lente, et surtout extrêmement riche.

Ils surveillaient l'horizon d'un œil soupçonneux, et brûlaient d'inquiétude.

Tous savaient en effet que le premier désert sur la route de l'Inde était le repaire de Bédouins coupeurs de route, grands amateurs de chevaux de race. Or la caravane, en plus des marchandises classiques – brocarts fins, soies de Mossoul, épées damasquinées, monceaux d'or, perles fines et pierres précieuses –, convoyait un cadeau rare, choisi tout exprès par le calife pour le roi indien, qui était un célèbre connaisseur de chevaux : douze étalons parmi les plus fabuleux du désert, de cette race d'arabes pur sang, fiers de tête et souples d'allure, dont la ligne du dos a la pureté des dunes, dont le jarret cache sous son élégante finesse une sûreté et une endurance à toute épreuve.

C'est dire à quel point la traversée était dangereuse. La caravane risquait de devenir très vite le point de mire des voleurs...

Tofaïr n'était pas à l'aise. Il n'avait pas l'habitude des chameaux ; il n'avait pas l'habitude du désert ; il n'aimait pas manger du sable ; il n'aimait pas respirer du sable ; d'ailleurs, il n'aimait pas le sable, ni l'ombre du sable, ni l'odeur du sable, ni la couleur du sable... Ballotté sur sa monture, il se laissa distancer et, de premier qu'il était au départ, il se retrouva bientôt dernier.

Tard dans la nuit, ils arrivèrent au premier puits, et Tofaïr put enfin s'endormir, bercé par le bruit sourd des caravaniers qui devaient encore décharger, faire boire les bêtes et organiser leur campement avant de pouvoir se reposer à leur tour.

À l'approche de l'aube, les guides donnèrent le signal du départ. Tout le monde s'affaira, chacun reprit sa place, Tofaïr se réinstalla en queue, et avança tout le jour, se balançant au pas de son chameau.

Le voyage se poursuivit ainsi pendant onze jours, alternant la lenteur naturelle et les accélérations en marche forcée. La caravane sut se fondre dans l'immensité, suivant la cadence que lui dictait le désert. Chacun trouva sa place et son rôle ; les gestes quotidiens se cherchèrent d'abord, puis s'organisèrent, jusqu'à atteindre cette parfaite économie qui fait de chaque déballage des bâts, à l'oasis, un ballet harmonieux.

Alors vint ce moment où l'accord est si parfait, où tout est si bien réglé que l'esprit est libre de s'évader et de se laisser emporter par le vent. Et comme dans le désert rien n'arrête le vent...

C'est l'heure où, selon l'humeur, on médite silencieusement sur la vie et le temps, ou bien on s'approche d'un voisin et laisse sa langue aller bon train, partageant ses rêves et ses histoires. Ce que dans le désert on appelle « faire passer le désert », et chez nous « faire passer le temps »...

Et Tofaïr commença à aimer le désert, à s'en envelopper, à s'y laisser noyer. Il oublia qu'il n'y était pas né et sentit d'où venait la noblesse naturelle de ceux qui y avaient toujours vécu. Et pendant ces jours paisibles, dans ses moments de méditation, il pensa à ceux qu'il quittait : les parasites ses amis, sa mère...

## Histoire de la jeunesse de Tofaïr

### Tofaïr ou la Grâce

Tofaïr été né dans un caravansérail. Sa mère travaillait comme servante dans les cuisines du plus grand caravansérail de Bagdad, celui qu'on appelait le khan des étrangers de la porte Sud. Tout bébé, il était si mignon qu'il devint la mascotte des cuisiniers, de ce genre d'enfant qui court partout, qui goûte à tout, qu'on appelle pour lécher un plat, qui vient verser ceci, gratter cela, à qui on demande de décharger cette table-ci ou de décorer ce plat-là avec des olives et des noix.

Et son goût se forma ainsi.

Or ce khan avait déjà à cette époque une cuisine renommée en ville pour sa qualité. Et, dès l'âge de six ans, Tofaïr en fut le maître incontesté et le juge suprême : « Ta sauce, c'est de la bile de chameau assoiffé ! » ou, au contraire : « C'est la fraîcheur des palais d'été »...

Son palais devint si sensible, si délicat, si raffiné, qu'aux cuisines il fut craint grandement et respecté énormément et écouté religieusement. Et il fut sans aucun doute l'instrument secret de la gloire toujours grandissante du khan et de sa table.

C'est pourquoi le patron et ses intendants le couvaient des yeux, le laissaient aller et venir en toute liberté et l'appelaient « Prunelle de mes yeux » ou « Terreur des sauciers », selon l'humeur.

Tofaïr s'intéressait à tout. La fulgurance de son charme était impressionnante : si, par exemple, il s'approchait d'un marchand drapier qui venait d'arriver au khan et échangeait quelques mots avec lui, une seconde plus tard, on les retrouvait tous les deux, le visage radieux, en grande conversation en plein milieu de la cour, entourés par des métrages de tissus déballés en désordre : Tofaïr recevait une leçon de « toucher expert », cet art d'apprécier la qualité d'un tissu rien qu'en le laissant couler entre le pouce et l'index.

Nul ne savait comment il faisait ; mais, immanquablement, les patrons chameliers le prenaient en amitié et lui confiaient des secrets de maquignon ; les troupes de musiciens l'adoptaient comme élève et lui enseignaient quelques poèmes, quelques rudiments de aoud, et quelques modes, sur lesquels il improvisait, tout le long du jour, avec des accents remarquables ; les orfèvres lui apprenaient à distinguer les variétés d'or, les tisserands à teindre, les changeurs à compter. Quant aux baladins, qui l'épataient de leurs tours mystérieux, aucun ne repartit jamais sans avoir lâché son secret.

## Les sept portes du messager

Mais ce qui lui fut le plus précieux au monde, ce fut la rencontre d'un homme instruit qui, lui aussi, fondit devant le charme du garçon. Tofaïr devait avoir treize ou quatorze ans.

C'était un homme imposant, dans la force de l'âge, qui appréciait l'intelligence. Il fut amusé par la vivacité de l'enfant et jugea utile de développer ses facultés. Pendant tout son séjour, il consacra un peu de son temps à lui apprendre à lire et à écrire.

Cet homme resta trois mois, et il n'est pas exagéré de dire que Tofaïr lui devait tout. Pourtant, ce ne fut pas par son enseignement, mais par ses paroles d'adieu, que l'homme le transforma à jamais. Lui caressant une dernière fois la joue, il lui dit en effet :

– Compte les trous que tu as sur la tête.

Et Tofaïr, se palpant le visage, en compta sept. Alors le maître dit à son élève :

– Ces sept trous sont les sept portes de l'homme...

Il se tut un instant, fixa Tofaïr de ses yeux profonds, lui sourit doucement et murmura :

– Ô fils de servante, ouvre tes sept portes, et elles t'ouvriront toutes les autres !...

La phrase se grava en lui à jamais...

L'influence de cet homme avait été telle que, lorsqu'il repartit, il avait révélé l'enfant à lui-même et lui avait transmis l'amour du savoir. Dès lors, Tofaïr rechercha avec avidité la compagnie des hôtes instruits. Et jamais aucun ne lui refusa le droit de fouiller dans ses caisses de livres et de se plonger dans les manuscrits. Au contraire, tous les savants de passage, qu'ils viennent des mers de Chine ou des profondeurs de l'Inde, prenaient plaisir à converser avec cet enfant si vif. Et comme il retenait tout ce qu'il apprenait, il finit par se tailler un savoir un peu désordonné, mais remarquable.

Au contact de certains hôtes du khan venus de loin, dont il recevait des confidences, Tofaïr commença à rêver d'aventures prodigieuses et terrifiantes.

En attendant, l'aventure quotidienne le menait le plus souvent au souk, où il était chargé de délivrer des messages ou de faire des courses urgentes. Il était au service de tous. Évoluant avec aisance dans tous les milieux, saisissant les usages en un clin d'œil, il s'acquittait de ses missions avec une égale habileté, qu'elles l'envoient vers un barbier ou vers un vizir. Rapide, discret, rusé et adroit, il était la personne rêvée pour un tel emploi.

C'est ainsi que, bientôt, la diversité humaine comme les profondeurs du souk n'eurent plus aucun secret pour lui. Il sut faire face à toutes les situations avec souplesse, et devint le meilleur des messagers.

À l'occasion de ces navettes, il passait souvent dans les bas-fonds du souk, et il se lia d'amitié avec les voleurs, qui l'auraient volontiers embauché. Mais la prison ne le tentait vraiment pas.

## Tofaïr veut vivre mille vies

Tofaïr s'intéressa bientôt à un autre manège : un jour, il avait remarqué un antre obscur où on entrait en gueux, et d'où on ressortait en riche marchand ; et lorsqu'on y entrait en riche marchand, on en ressortait quelque temps plus tard en gueux. Il vit même un jour un « gueux-entrant » devenir un « saint-derviche-sortant » ! Et il se dit : « Soit cet antre est magique, soit je viens de découvrir l'entrepôt des parasites ! »

Excité par sa trouvaille, il décida d'entrer, pour voir en quoi il ressortirait...

Son intrusion sema la panique chez les compères, qui, voyant leur cache éventée, voulurent rejeter l'importun avant qu'il n'en sache trop.

– Comment ? s'exclama Tofaïr en se dégageant, vous, les parasites, vous osez revêtir l'habit ignoble du portier-videur ? Que la honte soit sur vous !... Vous devriez m'accueillir avec cette hospitalité dont vous êtes la conscience !

Les parasites, tout honteux, baissèrent la tête et les bras, vaincus par l'assurance du gamin, et l'accueillirent avec tous les honneurs dus à un hôte.

Cependant, comme l'angoisse crispait encore leurs traits, il se leva et dit solennellement :

– Je jure de ne jamais dévoiler votre cache. Et que je sois foudroyé sur place par la colère du Très-Haut si jamais un mot s'échappe de mes lèvres à propos de ce que j'ai vu ici !

Alors, tous les parasites se détendirent et vinrent l'embrasser, lui donner de grandes bourrades sur l'épaule, et lui serrer vigoureusement les mains.

Il s'attacha rapidement à ses pittoresques amis et prit l'habitude de les rejoindre le soir, à l'entrepôt. Il y retrouvait le duo de L'Enfourneur frénétique et L'Engouffreur éclectique qui, avec Mille estomacs et Abîme sans fond, formaient l'amicale de ceux qui avalent sans choisir les mets, dans le désordre... Il y avait aussi Prédateur des festins et Fatalité des poissons, qui semblaient plus raffinés. Ensuite venait la cohorte des petits parasites spécialisés, qui se cantonnaient dans un seul genre de fête, où ils excellaient et dont ils portaient le nom, comme par exemple Père des mille mariées, ou Le Circoncis.

Tofaïr était fasciné par leurs multiples changements d'apparence, et il sentit d'emblée qu'il avait trouvé là des frères.

Un jour, celui qu'on appelait Joufflu-Goulu se préparait à parasiter une fête de circoncision. Tofaïr le regarda s'habiller et lui jeta, l'air désinvolte :

– Tu ne passeras pas...

– Hein ? Et pourquoi ? Que sais-tu des fêtes de circoncision, ignorant ?

– J'ai remarqué, répondit placidement Tofaïr, que pour la circoncision d'un aîné, tous les invités viennent avec leur propre fils aîné, pour renforcer la bénédiction... Mais toi, où est ton aîné, esprit obtus ?

Joufflu-Goulu le regarda, l'œil torve, puis, comprenant soudain, éclata d'un rire tonitruant et s'écria :

– Ô Père des ruses ! Tu as gagné ! Habille-toi en fils aîné...

Tofaïr ne se le fit pas dire deux fois : il s'habilla en moins de temps qu'il n'en faut pour fermer un œil et ouvrir l'autre, tout en s'imaginant ce que serait sa vie s'il était vraiment un fils aîné. Il s'imprégna si bien du personnage que son visage accusa cet air écrasé de fils aîné, accablé d'une horde de cadets encombrants. Et il suivit Joufflu-Goulu à la fête.

Alors, pour la première fois, il affronta les portiers, et son cœur connut le frisson de l'aventure, son esprit en goûta la saveur. Il jubila... et sa bouche saliva.

Ensuite, quand ils furent arrivés devant le buffet et qu'il vit Joufflu-Goulu qui enfournait littéralement les plats, il prit sa première leçon de goinfrerie ; en échange de quoi, Tofaïr lui enseigna quelques rudiments de l'art du choix raffiné.

Or, comme aucun buffet ne résiste jamais longtemps à ce genre de visite, ils repartirent bientôt, repus, bras dessus bras dessous, en grande amitié.

Telle fut l'entrée officielle de Tofaïr dans le monde des prédateurs de buffets...

Tofaïr exerça très vite un ascendant considérable sur ses compagnons. Ceux-ci sentaient que le garçon les dépassait déjà tous de cent coudées. En fait, il avait une connaissance intuitive de ce qu'il fallait faire ou ne pas faire pour tromper les portiers. Les parasites lui demandèrent conseil de plus en plus souvent, et leur art devint redoutable. Pourtant, seul Tofaïr demeura imparable, car lui seul avait la grâce...

Sans doute cette manière de vivre comme enfant de tous, avec ses « sept portes » ouvertes, dans un lieu aussi passant que le khan de la porte Sud, avait développé en Tofaïr une étrange faculté, une sorte de prodigieuse souplesse.

S'intéressant à tout et à tous, ayant appris à écouter, il s'émerveillait de la variété des êtres. Chaque vie lui semblait magnifique et passionnante. Et, oubliant la sienne propre, il aurait voulu les vivre toutes. Ah ! Être ce drapier entouré de tissus chatoyants, cheminer sur la route de la soie, rencontrer des princesses ! Oh ! Être ce médecin aux yeux si doux, tâter les pouls, écouter les mystères de la vie ! Ah ! Être ce guerrier aux yeux pleins de mystère et fatigués ! Quel secret le rongeait donc ?...

Bref, il rêvait. Assis sur une pierre de la cour, il regardait les gens, s'identifiait à eux, et vivait mille vies.

Sans doute se trouvait-il déjà, dans son être, un vide étrange, pour qu'il s'oublie ainsi lui-même... Se cherchait-il, comme font les adolescents, ou se perdait-il dans les autres ? Pourquoi donc avait-il l'âme si « hospitalière » ?

On verra comment l'aventure qu'il était justement en train de vivre, et qui l'emportait vers l'inconnu, lui apprit à se rencontrer lui-même. Mais n'anticipons pas, et revenons au désert...

## Retour au désert : Tofaïr face à la mort

Or au matin du douzième jour, alors que la caravane était en route depuis déjà plusieurs heures, ils virent s'élever à l'horizon un nuage de sable qui peut annoncer soit une tempête de sable, si le ciel est chargé, soit une attaque, si le ciel est pur. Tous se mirent à trembler et tombèrent à genoux, en prières. Car voici : le ciel était pur !

Cachés dans les sables soulevés par les chameaux lancés au galop, le Bédouin le Rapide et sa bande fondaient sur eux. Guerriers sanguinaires et sans pitié, ils assaillaient les caravanes isolées. On les surnommait les Buveurs de sang parce qu'ils ne faisaient pas de prisonniers...

Le nuage encercla la caravane. L'éclat d'un sabre brilla dans l'air, et une tête vola. Une clameur sauvage s'éleva dans le camp des Buveurs de sang, signal d'une tuerie générale.

L'escorte armée tomba la première. Les cris d'horreur se mêlèrent aux cris de guerre et le sang se perdit dans les sables.

Soudain, le Rapide aperçut Tofaïr. Attiré par le luxe de son vêtement, jugeant sans doute qu'il devait être le chef, il poussa son cheval et courut sur lui en hurlant injures et défis, le sabre rouge levé, le rictus du meurtre aux lèvres et les yeux injectés de sang.

Sabre haut, il allait frapper ; tout à coup, il s'arrêta net et s'exclama, stupéfait :

– Ô Hassan, mon frère ! Qu'est-ce que tu fais là ? Je te croyais dans les prisons de Bagdad ! Je désespérais que tu en sortes un jour !

Face au danger de mort, Tofaïr se trouva inspiré. Telle la Schéhérazade des Mille et Une Nuits, il sut trouver des paroles pour sauver sa vie.

## Histoire de Hassan dans sa prison, inventée par Tofaïr

Saisissant sa chance, il dit :

« Ô mon frère, je te retrouve enfin ! Tu l'as bien dit ! Il y a quelques jours encore, je croupissais au fond des cachots de la citadelle. Et ma sortie inespérée est toute une aventure, que je vais te conter !

Sache qu'au début j'étais enfermé seul dans les quatrièmes soubassements, respirant l'humidité, partageant ma vie de ténèbres avec les rats, et n'ayant pour nourriture que des restes aux relents immondes. Alors, je regrettai amèrement le désert et pleurai sur ma vie passée sans craindre de gaspiller l'eau de mes larmes, parce qu'en cet enfer aucune eau n'est précieuse.

Un jour, on jeta dans ma cellule un homme d'un certain âge. Je remarquai immédiatement à sa noblesse qu'il devait être un grand d'entre les grands de ce monde que le destin voulait éprouver. Car on aurait dû l'incarcérer dans les quartiers réservés aux prisonniers politiques, situés aux étages supérieurs. Je compris qu'on voulait l'humilier.

Je lui laissai la meilleure place, ne parlais que lorsqu'il m'interrogeait et le traitais avec le plus grand respect. Un jour, il me demanda pourquoi j'agissais ainsi.

– Je ne veux pas faire le jeu de tes geôliers, répondis-je. Ils t'ont mis avec un voleur pour que tu boives la coupe de l'amertume jusqu'à la lie. Mais les voleurs ne sont pas des rustres. Ils respectent la dignité de chacun...

– Ô mon ami, tu es un homme charitable et noble, dit-il. Pourquoi donc t'es-tu fait voleur ?

– Sache que c'est l'immensité du désert qui donne à ses fils leur grandeur... Et c'est son vide infini qui en fait des voleurs.

L'homme soupira, me regarda avec sympathie, et cet instant marqua le début de notre amitié.

Il lui arrivait de plus en plus fréquemment de bavarder avec moi, et il semblait apprécier ma conversation. Ainsi, il m'apprit qu'avant de tomber en disgrâce il avait été vizir de Haroun Al Rachid... Il se perdit en rêverie, et je surpris dans ses yeux un effarement si profond que je frissonnai d'angoisse. Je sus alors que l'approche du pouvoir pouvait charger d'horreur l'âme d'un homme.

Cependant, quelques jours plus tard, il m'avoua qu'il ne supportait plus l'ennui profond qui s'insinuait dans tout son être.

Pour le distraire, je lui parlai donc du désert. Je le fis courir en imagination sur les plus beaux de nos alezans ; je lui fis partager la paix des gardiens de troupeaux, aussi bien que la furie des razzias. Je lui fis connaître la fatigue des marches forcées et la douceur des puits, le sommeil bercé par les beuglements des chameaux, les nuits d'insomnie craintive, l'oreille aux aguets et l'âme sur le qui-vive.

Enfin, après l'avoir fait rêver longtemps, je lui fis remarquer qu'il en était du désert comme des prisons : le pire ennemi était la longueur du temps et l'épaisseur de l'ennui. J'insinuai que nous autres, pauvres Bédouins du désert, avions reçu en héritage de nos ancêtres une ancienne coutume, aussi vieille que le temps, aussi vieille que l'ennui, qui était la seule vraie manière de tuer le temps, le seul vrai remède contre l'ennui. Je lui dis que nous l'appelions "faire passer le désert", et qu'elle consistait à parler, parler sans fin, discourir sans discontinuer, développer les détails, et les détails des détails. Car nous, habitants du désert, hôtes du silence, nous savions que, depuis la création du monde jusqu'à son achèvement, le seul outil vainqueur du temps, c'est la parole...

À cet instant, le vizir me jeta un petit sourire amusé et me dit :

– Tu viens de me faire "passer le désert" en me parlant de toi, c'est donc à mon tour de te conter mon histoire, si j'ai bien compris ?...

J'étais content : il avait retrouvé son humour ; et l'humour, c'est la plus sûre des défenses contre la dureté des paillasses !

Il me conta sa vie et ses malheurs ; mais il est des choses qui ne se peuvent transmettre...

Un jour qu'il m'avait confié combien il s'était opposé au pouvoir du calife, il fut submergé par un profond désespoir. Il murmura :

– Je ne sortirai jamais d'ici...

Je frissonnai. Mais il ajouta avec chaleur :

– Toi, tu sortiras. Tu es jeune. Et puis, tu as volé, tu es un prisonnier de droit commun. Cela a ses avantages : tu seras jugé ! Bientôt, tu retrouveras les tiens !...

Quelques jours plus tard, en effet, comme il l'avait prédit, un garde entra dans notre cellule et me demanda :

– Tu es bien Hassan, le frère du Rapide ?

– Oui, c'est moi.

– Saurais-tu guider une caravane en dehors des chemins de ton frère ?

– Je pense que oui.

– Ta liberté est à ce prix. Prépare-toi. Je reviens te chercher dans un quart d'heure.

Et il jeta sur ma paillasse ces habits précieux que tu me vois porter, ô mon frère !

Je m'habillai en hâte, exultant de joie. Alors, le vizir s'approcha de moi, me serra dans ses bras et rit de ma joie. Puis, avec une gravité soudaine, il m'écarta un peu de lui tout en me tenant les bras, et je vis que son visage était transfiguré par l'espoir :

– Écoute, Hassan. Je ne sortirai pas d'ici tout seul. J'ai besoin d'aide. J'ai connu quelqu'un, du temps de mes voyages...

Il me transperça d'un regard si profond que j'en fus saisi. D'une voix très basse, presque inaudible, il chuchota :

– Écoute-moi bien, mon fils. Tu vas prendre cette bague.

Il ôta le bijou de son doigt et le passa au mien.

– Tu iras à Chiraz, en Perse. Là, tu te promèneras dans le souk des orfèvres jusqu'à ce que celui qui a fabriqué cette bague la voie et vienne à toi. Alors tu lui diras où je suis et pourquoi. Et il viendra m'aider... Le feras-tu, Hassan ?

– Je le ferai, ô vizir, et je n'ai qu'une parole !

Alors il se détendit, me fit un dernier adieu, et le garde vint me chercher.

On me demanda de guider la caravane de l'Inde ; j'acceptai, sachant qu'il n'y a pas dans le désert de chemin hors des tiens, ô mon frère, termina Tofaïr, cachant la douleur de ses derniers mots. Et voilà pourquoi tu m'as trouvé ici, en habit d'apparat ! »

## Retour au désert : Tofaïr au camp des Buveurs de sang

Il va sans dire que le Rapide avait depuis longtemps baissé son sabre pour écouter le récit de son « frère ». Ils s'étaient un peu éloignés du lieu du carnage en chevauchant lentement vers le campement.

Tofaïr était étonné lui-même de s'en être si bien tiré, et d'avoir trouvé une bonne excuse pour fuir au plus vite. Il remarqua aussi que la force de sa parole avait conquis la brute.

Le Rapide rit aux éclats de ce qu'il croyait être une merveilleuse ruse de guerre.

– Ô mon frère, tu as excellé : le butin est bon et riche comme jamais !

Il prit Tofaïr dans ses bras – et celui-ci saisit instantanément quelle pouvait être l'angoisse du moineau enserré dans les anneaux du serpent...

– Viens avec nous, ô mon frère, le campement n'est pas loin !

– Mais c'est que j'ai juré d'aller directement à Chiraz, et je n'ai qu'une parole !

– Allons, Hassan, n'exagère pas ! Le vizir ne t'en voudra sûrement pas de passer quelques jours avec les tiens que tu n'as pas vus depuis des mois ! Il ne peut pas t'en vouloir de goûter au bonheur des retrouvailles ! Suis-moi !

Tofaïr jugea que le Rapide venait de parler avec bon sens. S'il s'acharnait à refuser, il risquait d'éveiller les soupçons. Bon gré mal gré, il suivit le Rapide.

Leur arrivée au camp provoqua un enthousiasme inouï chez tous ceux qui, n'ayant pas participé à la razzia, n'étaient pas au courant de la bonne nouvelle. Tofaïr fut fêté, entouré, et tous se précipitèrent pour lui offrir à boire et à manger, lui faire place parmi les chefs, et combler ses moindres désirs. Mais tout cela ne convenait pas du tout à Tofaïr, qui n'avait qu'un seul désir : passer inaperçu...

Pendant qu'il devait faire bonne figure et expliquer les circonstances de son retour, les Bédouins qui avaient pris part à la razzia s'occupaient déjà du partage du butin. L'énormité de la prise eut raison de l'intérêt qu'on portait à Tofaïr, et un nouveau centre d'intérêt se créa, d'où fusèrent des rires féroces et triomphants.

Livré à lui-même aussi soudainement qu'il avait été adulé, il resta à l'écart, de peur de mêler ses larmes à leurs cris de victoire. Car la plupart avaient encore du sang sur leurs armes... Tofaïr eut un haut-le-cœur en pensant à ses compagnons de route, abandonnés aux charognards du désert...

Cependant il dut se maîtriser, car déjà les notables parmi les Buveurs de sang revenaient vers lui et s'asseyaient en cercle à ses côtés. Les femmes s'affairaient à préparer le festin de la victoire.

Entouré par les chefs, Tofaïr tentait de se faire oublier, laissant la conversation s'orienter sur le profit fabuleux qu'ils tireraient du butin.

Tout à coup, comme mû par une subite association d'idées, le Rapide regarda son frère, l'œil brillant de convoitise, et demanda :

– Au fait ! La bague du prisonnier, tu nous la montres ?

Tofaïr sursauta : il avait parlé de bague sans réfléchir, et sans jamais penser qu'il faudrait la montrer ! Heureusement, il en avait une ! Il avait failli l'oublier ! Il allait la faire passer au Rapide lorsqu'une idée soudaine l'en empêcha : il n'avait aucune envie que sa bague aille rejoindre le butin ! Le Rapide avait l'œil vif, la main leste et la convoitise infinie, puisque en face d'un tel butin il n'avait pas oublié cette bague ! La prudence s'imposait. Tofaïr la lui montra sans l'ôter de son doigt, simplement en tendant la main vers lui.

Or, souvenez-vous : cette bague était remarquable, et son mouvement d'horlogerie, sous son chaton de lapis-lazuli, avait de quoi charmer même le plus fruste des rustres. Tofaïr l'actionna plusieurs fois, et l'enchantement ne se fit pas attendre. Lui-même se détendit un peu lorsqu'il vit sur les faces hirsutes et sanguinaires s'épanouir la fleur de l'émerveillement.

Les Bédouins, dans un ensemble parfait et un silence religieux, se penchèrent au-dessus de l'oiseau chanteur, comme au-dessus du berceau d'un nouveau-né. Leurs yeux de tueurs brillèrent d'un enchantement tout enfantin et leurs bouches s'arrondirent d'admiration.

Puis, tout à coup, tous se mirent à parler en même temps ; les commentaires se bousculèrent, chacun voulant placer son mot et exprimer son adoration :

– Comme il est mignon !

– Et si délicat !

– Oh ! Et si petit !

– Tu as vu son œil ?

– Pousse-toi, je ne vois rien !

– Tu crois qu'il ouvre le bec quand il chante ?

## Tofaïr découvre mieux la bague

Mais le cœur de Tofaïr se glaça, car le Rapide lui-même lança, dominant le brouhaha extasié :

– Tu as remarqué ? Quelle que soit la position de ta main, quand l'oiseau s'arrête en fin de course, il indique toujours l'est !... Le mécanisme est vraiment très élaboré. C'est une sorte de boussole ! Hum... Précieuse bague pour un homme du désert !

C'était bien là une remarque d'homme du désert ! Tofaïr en fut saisi : il portait cette bague depuis un moment déjà, et jamais il n'avait remarqué cette particularité.

Il eut le sang-froid de répondre comme s'il était vexé qu'on puisse douter de ses facultés :

– Bien sûr, j'ai remarqué !

Cependant cet incident le terrifia et lui fit pressentir le danger qu'il courait : à tous moments, son ignorance pouvait le trahir. Il n'était pas un homme du désert ! Il n'avait de ce dernier qu'une expérience dérisoire. Sans doute n'allait-il pas tarder à commettre une bévue de citadin qui le désignerait à ces hommes comme un imposteur. La moindre maladresse signifierait la mort. Tendu à l'extrême, encore tremblant au souvenir du carnage, il comprit qu'il fallait fuir au plus vite.

Profitant de l'intérêt suscité par la bague, il déclara devant tous les Bédouins réunis :

– Ô mes frères, j'ai donné ma parole d'homme du désert en recevant cette bague. Et depuis que je suis là à festoyer avec vous, je sens mon visage se noircir de honte à l'idée de ne pas tenir ma parole. Sachez qu'un homme compte sur moi, sur ma rapidité, et attend dans les profondeurs humides d'une prison sordide ! Je suis son unique espoir et le seul lien qui le rattache à la vie ! Comment puis-je donc m'amuser ? Il est des heures où l'insouciance est monstrueuse !...

Frères, il en va de notre honneur à tous, car si je ne partais sur l'heure, on dirait que tous ceux du désert ne sont que des fourbes et des lâches qui oublient leurs promesses dès qu'ils ont le dos tourné ! Et c'est tous ensemble que nous serions avilis !

Il avait su trouver les mots pour convaincre les Bédouins et les atteindre dans leur point sensible : l'honneur de leur nom.

Le Rapide, le voyant si inquiet, parla au nom de tous :

– Tu as raison, ô mon frère ! Et ta fidélité honore la tribu. C'est pourquoi nous t'escorterons tous demain, dès la première heure, jusqu'au premier puits sur la route de Chiraz !

– C'est bien ainsi ! Si tu le permets, ô mon frère, je vais me retirer et dormir, car la journée sera longue.

– Fais selon ton désir, Hassan ! Et que la nuit te restitue tes forces !

Ce fut ainsi que Tofaïr se tira des rets des Buveurs de sang. Le lendemain dès l'aube, ils l'escortèrent comme promis. La marche forcée imposait le silence, et Tofaïr en bénit le ciel ; car, s'il est des heures où la parole sauve, il en est d'autres où elle peut tuer.

Arrivés au puits, ils l'embrassèrent tous et lui souhaitèrent la sécurité du voyage. Comme s'il existait une autre insécurité que celle dont ils emplissaient le désert !

Ils firent un dernier salut et s'en retournèrent vers leur campement d'un pas tranquille.

## Tofaïr fait le Grand Saut

Tofaïr puisa un peu d'eau pour se donner le temps de se remettre : il était tout étourdi d'être sorti vivant d'un tel piège.

Il s'assit pour faire le point et jeta un regard angoissé sur le désert immense qui l'entourait. La situation était simple : il était hors de question de tenter de rejoindre Bagdad ; il serait pisté par le Rapide. Le désert était son royaume, où chaque empreinte de chameau était repérée, reconnue et signalée, et chaque voyageur rattrapé. Il se trouverait bien embarrassé pour expliquer son revirement, et plus encore pour trouver une autre occasion de fuite.

Mais imaginons un instant qu'il arrive malgré tout à regagner Bagdad. Que se passerait-il alors ? Eh bien, on se rendrait compte qu'il était *le seul survivant* d'une caravane dont il avait quelques jours plus tôt pris la tête par imposture ! On ne douterait pas un instant de sa complicité avec les Buveurs de sang ! Et il serait mis à mort...

Tofaïr se rendit donc à l'évidence : il ne pouvait pas retourner en arrière, ni dans le désert, ni à Bagdad !

Il laissa un instant vagabonder sa pensée... Tout naturellement, elle s'envola vers les prisons de Bagdad, qu'il avait si bien imaginées la veille. Alors il revit ce vieux vizir qu'il avait créé, et devant la tristesse de cet être assis sur sa paillasse, qui triturait un pan de son turban de ses doigts fatigués, comme pour calmer son angoisse, il fut ému de pitié et, ô miracle de l'imagination, il oublia que ce vizir n'était qu'un pur produit de sa pensée, qu'il l'avait inventé ; et il crut à sa réalité...

La vision se poursuivit. Le vizir levait la tête et le regardait, inquiet. Tofaïr crut l'entendre murmurer : « Pourquoi donc perds-tu ton temps ainsi, petit ? Tu avais promis... »

Alors, tout à coup, quelque chose vacilla en Tofaïr.

Il se leva d'un bond, et sans plus se poser de questions il lança son chameau sur la route de Chiraz, en Perse...

# À Chiraz

Une fois arrivé à Chiraz, Tofaïr repéra le souk des orfèvres et s'y promena de long en large, montrant ostensiblement la bague.

Au bout d'un certain temps, un homme imposant s'avança vers lui. Sa démarche était lente et lourde. Sa barbe immense lui donnait l'air vénérable. Il portait un habit large et noir. L'épaisseur de son turban indiquait qu'il était du nombre des importants, et l'épaisseur de ses sourcils, qu'il était du nombre des inquiétants.

Avec une attention soutenue, d'un œil perçant et glaçant, cet homme regarda alternativement la bague, puis Tofaïr, puis de nouveau la bague, et encore Tofaïr. Enfin, d'un ton qui ôtait toute possibilité de réplique, il articula :

– Viens et suis-moi.

Tofaïr fut pris d'une folle panique. Il tourna les talons et s'enfuit au hasard dans les ruelles de la ville inconnue.

Les questions se bousculaient dans son esprit : comment était-ce possible ? Comment pouvait-il *réellement* rencontrer cet homme ? Il avait *inventé* un vizir qui lui avait dit : « Tu iras à Chiraz, en Perse. Là, tu te promèneras dans le souk des orfèvres jusqu'à ce que celui qui a fabriqué cette bague la voie et vienne à toi. Tu lui diras où je suis, et il viendra m'aider... » Mais ces mots-là, c'était lui-même qui les avait *inventés* ! Bien sûr, en arrivant, il s'était promené dans le souk comme s'il devait y rencontrer quelqu'un, mais c'était par jeu, porté par l'élan, pour la beauté de l'invention ! Et voilà que ce qu'il avait inventé *arrivait* ! La destinée elle-même s'emmêlait ! Elle le copiait ! La réalité et la fiction se mélangeaient...

Ô terreur !

Et Tofaïr courait, courait, courait... Et, plus il courait, plus il se perdait.

À un carrefour, l'homme se trouva de nouveau en face de lui, bloquant sa course ! Et une fois encore son œil le transperça, et les mêmes paroles tombèrent comme un couperet :

– Viens et suis-moi.

La peur s'empara de Tofaïr, qui se remit à courir éperdument.

Cependant, après deux heures d'une course haletante, il tomba en arrêt, car à un autre carrefour l'homme était là, devant lui ! et les mêmes mots revinrent, insinuants :

– Viens et suis-moi... N'aie pas peur...

Alors Tofaïr accepta l'inacceptable et le suivit.

## Tofaïr chez Al Razam le Guèbre

L'homme marchait devant et se retournait parfois pour voir si Tofaïr le suivait bien. Il l'entraîna dans les méandres des rues, lui faisant faire des tours et des détours, de toute évidence pour l'égarer dans cette ville dont la configuration était déjà naturellement compliquée. Mais cette précaution était superflue, car Tofaïr avait depuis longtemps déjà dépassé les bornes de l'égarement...

L'étrange promenade dura deux heures, peut-être plus, dans ce qui sembla à Tofaïr un véritable labyrinthe. Bientôt, il fut pris de vertige et se laissa guider en aveugle, sans plus tenter de chercher des repères.

Enfin, ils arrivèrent devant un imposant palais. L'homme frappa ; un serviteur ouvrit et s'effaça en s'inclinant. L'homme commanda des rafraîchissements pour son hôte et lui fit signe de le suivre dans un salon. Il lui désigna un sofa et attendit en silence que les boissons fussent offertes et son hôte désaltéré.

Lorsqu'il le vit quelque peu détendu, il se redressa brusquement sur son siège, le regarda sournoisement, un œil fermé et un œil ouvert, et rompit enfin le silence :

– Ô mon hôte, comment se fait-il que cette bague, *que j'ai fabriquée il y a trente ans pour l'empereur de Chine*, se trouve entre tes mains ?

Tofaïr en eut le ventre qui se tordit d'angoisse : orfèvre ! Cet homme était orfèvre ! Comme dans son invention ! Et il avait fabriqué cette bague ! Exactement comme il l'avait imaginée !

En revanche, il n'avait pas du tout l'air de vouloir aider un quelconque vizir. Au contraire, il réclamait cette bague sur un ton menaçant. Il planait autour de cet homme une aura de danger, une sorte d'émanation rouge vif, indiquant qu'il est prudent, urgent et vital de trouver rapidement une réponse à la question posée.

Mais Tofaïr ne savait pas à qui il avait affaire, et n'avait pas assez d'éléments pour répondre par une pure invention. Il choisit donc de gagner du temps, et de glaner habilement des renseignements sur lesquels appuyer son récit.

Il prit un ton léger et répliqua avec le charme naturel des faux naïfs de génie :

– Ô cher hôte ! L'empereur de Chine lui-même ! Quel honneur ! Comment est-ce arrivé ?

L'autre le regarda par en dessous, mais se heurta au sourire irrésistible de Tofaïr. Alors il réfléchit un moment, lui décocha en retour un sourire meurtrier et finit par murmurer :

– Bien... Comme tu voudras... Je peux bien te donner quelques explications qui ne tirent pas à conséquence. Mais je ne suis pas dupe ! Et, quoi que tu fasses, il faudra bien que vienne ton tour !...

Cet homme avait dû boire le lait de la menace dès sa naissance, car on en sentait encore les relents à chacune de ses paroles.

Tofaïr ne laissa pas transparaître son malaise et, de l'air le plus innocent, se cala dans son sofa, prit un petit gâteau sur un plateau et se montra prêt à être charmé par le récit de son hôte...

## Histoire d'Al Razam le Guèbre, racontée par lui-même

« Sache que je m'appelle Al Razam et que je suis de la secte des guèbres, adorateurs du feu. Pendant toute ma jeunesse, mon père m'enseigna l'orfèvrerie dans sa boutique ; il voulait faire de moi son successeur. Très vite, je passai maître en cet art, au point que ma réputation gagna toute la ville. Mon père jubilait, car nous étions surchargés de travail, et on ne nous confiait que les ouvrages les plus fins et les réparations les plus délicates. C'est ainsi que je devins, malgré ma jeunesse, la fierté du souk des orfèvres, et on ne m'appelait plus que Lumière des orfèvres.

À la mort de mon père, j'étais déjà un notable, à la tête de ma corporation, dont on prenait l'avis en toute occasion et que l'on n'abordait qu'avec le plus grand respect.

Depuis toujours, à mes moments perdus, je m'intéressais à l'alchimie, puis à la magie, à l'astrologie, et à toutes les sciences occultes et précieuses, cachées et mystérieuses. L'habileté de mes doigts et l'habitude de travailler les métaux m'y avaient conduit comme naturellement. Je fouinais dans les vieux grimoires et passais des nuits entières penché sur leurs pages couvertes de signes impénétrables, l'esprit perdu en rêverie.

Or ces livres, bien qu'ouverts devant moi, me restaient fermés. En effet, la plupart étaient écrits dans des alphabets anciens et inconnus. Je fis donc l'effort d'apprendre à les déchiffrer, car je voulais dominer parfaitement l'art magique et y acquérir la même aisance et la même maîtrise qu'en orfèvrerie, atteignant ainsi les cimes de la respectabilité par l'union des deux arts les plus nobles qui soient.

Cependant, plus j'approfondissais mes connaissances, plus la passion m'emportait. Petit à petit, je dédaignai mon métier d'orfèvre pour me consacrer uniquement à cet art dont je compris vite l'immense intérêt : il donnait accès à un pouvoir infini et à des richesses incomparables.

Une nuit, alors que je butais une fois de plus sur un grimoire particulièrement indéchiffrable, je pris la décision soudaine de tout abandonner ! Il me fallait partir à travers le monde à la recherche des magiciens les plus réputés et des savants les plus remarquables pour apprendre auprès d'eux en tant que disciple. À cette condition seule s'ouvriraient pour moi ces portes qui demeuraient obstinément closes à tous mes efforts solitaires.

Je vendis donc ma boutique et tout son stock et convertis l'avoir en diamants, transformant la plus grande des fortunes en la plus petite des bourses !

Ainsi muni, je fis mes adieux à tous et me dirigeai vers l'Égypte, première étape de mon voyage, connue depuis l'Antiquité pour la puissance incomparable de ses magiciens.

## Al Razam, le plus grand magicien du monde

Je ne vais pas te faire le récit de toutes mes années d'apprentissage. Sache seulement, ô mon hôte, qu'elles furent nombreuses, et me promenèrent dans tous les coins du monde : de l'Égypte, je passai dans l'extrême occident du Maghreb, dont les habitants savent découvrir les trésors cachés de la terre ; puis je voyageai en Inde, à la recherche de secrets plus occultes ; je poussai jusqu'aux limites de l'extrême-Orient et connus ses mystères... Bref, je parcourus toutes les terres et toutes les mers ! Et bientôt, il n'y eut plus au monde un seul maître dont je n'aie été le disciple, et que je n'aie quitté en ayant dépassé son savoir !

Je ne puis te dire ni qui ils sont ni ce qu'ils m'ont appris, car ce sont là choses secrètes, interdites au profane. Sache simplement qu'ils sont les plus grands et les meilleurs du monde, et que maintenant je les surpasse tous ! *J'en sais autant à moi seul qu'eux tous réunis !*

Bien sûr il m'est arrivé de rencontrer de ces magiciens baladins, montreurs de tours spectaculaires, amuseurs de rues, vendeurs de poudres, des minables, que seules sauvent du mépris leur gaieté insouciante et leur exubérance. Des charlatans ! Pfff ! Des fantaisistes ! »

À ce mot, Al Razam cracha dans un cendrier. Il venait de lâcher son insulte suprême.

Tofaïr sentit le venin, et perçut les paroles du Guèbre comme une gifle personnelle : il aimait la fantaisie. La pire ennemie de cet homme était sa meilleure amie. De même que ces baladins, montreurs de tours épatants, qu'il avait côtoyés et admirés dans son enfance. Ces petits vendeurs de pacotille, tout misérables qu'ils paraissent, aimaient sans doute bien plus la vie que ce grand magicien, qui ne cherchait que le pouvoir ! Il fut blessé par le ton du Guèbre. Plein de méfiance, il écouta le reste du récit d'une oreille critique.

« Heureusement, poursuivit Al Razam, toujours grandiloquent, je ne rencontrais pas que ces êtres sans valeur ! Les Grands, ceux dont les pouvoirs dépassent l'imagination, étaient cependant difficiles à débusquer, car ils n'ont pas pignon sur rue : ils évitent la célébrité et se cachent pour mener en paix leurs travaux. Cependant, comme je te l'ai dit, je finissais toujours par les trouver et devenais leur disciple. Je restais auprès d'eux jusqu'à avoir bu toutes les paroles de leur bouche, sans en oublier aucune. Je savais toujours obtenir leurs secrets les plus cachés et ne les quittais que lorsqu'ils n'avaient plus rien à m'apprendre. C'est ainsi qu'en ce domaine aussi je devins brillant malgré mon jeune âge. Cependant, toute médaille a son revers, et vint le temps où mon savoir fut si grand que j'eus du mal à trouver un maître qui pût m'apporter quelque chose de nouveau. Pourtant, je ne pensais pas être arrivé au bout de mon art ! Abandonnant les maîtres ordinaires, je me mis en quête des extraordinaires, c'est-à-dire de ceux qui eussent encore quelque chose à me faire découvrir. »

Al Razam soupira et poursuivit à contre-cœur :

« Pourtant, le dernier de mes maîtres fut lui-même un fantaisiste... Je le connus dans d'étranges circonstances, qui valent d'être contées.

J'étais alors sur le point de quitter celui qui fut l'avant-dernier. Au moment des adieux, il me dit :

– Al Razam, je t'ai appris tout ce que je savais, et cela n'est encore pas suffisant pour toi... Je connais ton ambition... C'est pourquoi j'ai interrogé le ciel à ton sujet. Or, j'y ai lu une chose étrange : les astres signalent la naissance d'un homme adulte ! Oui, tu m'as bien entendu ! Un être vient d'arriver sur terre, sa présence est signalée exactement comme s'il venait de naître, et pourtant toutes les autres données prouvent qu'il s'agit bien d'un adulte ! Que cache ce mystère, je n'en sais rien ! J'ai refait dix fois les calculs, et dix fois j'ai eu la même réponse ! Or cet homme apparaît comme un extraordinaire magicien *aux pouvoirs insondables*... Il sera l'étoile polaire au firmament de la science !... Et il sera ton maître, le plus grand et le dernier... J'ai scruté ma science pour en savoir plus, et j'ai découvert un phénomène incompréhensible : d'après mes lectures, sa main gauche est transparente, vide !... Enfin, elle a quelque chose d'anormal... Mais attention : j'ai lu aussi que tant que sa main ne redeviendra pas semblable à une main ordinaire, cet homme enseignera la magie et les sciences mystérieuses, et tu pourras le trouver, car on l'appellera la Main blanche. Cependant, quand viendra le temps où il aura fait disparaître de sa main toute trace de bizarrerie, alors il se noiera dans la foule anonyme et deviendra un de ces sages cachés, qui, ignorés de tous, sauvent le monde...

Si donc tu tiens à le rencontrer, tu n'as pas de temps à perdre ! Son savoir est si grand que, malgré toute l'étendue du tien, à côté de lui, tu ne seras qu'un pauvre ignorant.

## Al Razam rencontre Ibrahim la Main blanche

De nouveau, ô mon hôte, je parcourus le monde. J'errais au hasard, interrogeant tous les mages que je rencontrais, mais personne ne put me donner le moindre renseignement. Or je luttais contre le temps : chaque heure qui passait réduisait mes chances, car elle me rapprochait du jour où le mage ferait disparaître la blancheur de sa main ! Et alors, à quoi le reconnaître ? De plus, si ce qu'on disait était vrai, il deviendrait impossible de le chercher !

L'angoisse de le rater peuplait mon sommeil de rêves étranges : sa main m'apparaissait tel un gant transparent et vide, telle une enveloppe fantomatique, qui, jour après jour, inexorablement, se remplissait de chair... Je me réveillais en sueur, pressé par l'urgence et fatigué comme si j'avais couru la nuit entière.

Six mois passèrent ainsi sans que j'eusse avancé d'un degré. Et puis, sa réputation inonda subitement le monde ! On ne parlait plus que du magicien à la main étrange qui venait de faire sortir de terre, en une seule nuit, un palais d'une beauté inouïe pour l'empereur de Chine !

Ainsi, il était en Chine !... Avec une énergie nouvelle, je me joignis à une caravane en partance et traversai les terres et les mers, les monts et les déserts, monté sur le cheval de l'impatience...

Après un voyage qui me parut durer une éternité, j'arrivai enfin dans la capitale impériale et trouvai la maison de celui que tous appelaient Ibrahim la Main blanche...

Je me présentai à lui, exposai l'état de mes connaissances et l'ampleur de mes recherches et le priai de m'accepter comme disciple.

Pendant que je parlais, je ne pus m'empêcher de jeter un coup d'œil sur sa main. Or elle était exactement semblable à ce que j'avais vu en rêve : moitié de chair, et moitié transparente ! Sa paume était déjà pleine, mais ses doigts restaient vides, comme une baudruche en forme de main qu'un enfant aurait gonflée ! J'étais fasciné, mais je ne posai aucune question.

Cependant, ce coup d'œil ne passa pas inaperçu. Il me regarda d'un air malicieux qui me mit mal à l'aise et me demanda :

– Tu ne me demandes pas pourquoi ma main est blanche ?

– Ô Maître, répondis-je en me ressaisissant, sans doute veux-tu m'éprouver ! Je sais bien qu'il est de rigueur, pour un disciple, de ne jamais poser de questions personnelles au maître !

– Hum... Tu crois avoir raison... Et pourtant tu as tort...

Je n'ai jamais compris ce qu'il avait voulu dire... Aujourd'hui encore, je me demande si c'était un piège perfide qu'il me tendait... »

Al Razam resta un instant silencieux.

– Peut-être, intervint Tofaïr, était-ce parce qu'il pensait qu'un disciple doit vider totalement son cœur devant son maître et ne pas garder de questions rentrées, gênant l'harmonie qui doit régner, ce me semble, entre un maître et ses disciples ? Peut-être sentait-il ta curiosité, malgré tous tes efforts ?

Al Razam regarda Tofaïr d'un œil torve. Un éclair assassin jaillit du fond de sa prunelle. Sans doute avait-il compris la justesse de cette réponse, car il répliqua d'un ton cassant :

– Tu n'y connais rien ! Tu ne sais rien des rapports que les maîtres entretiennent avec leurs disciples, ô profane ! De quoi te mêles-tu ? Tu commets des erreurs grossières, et tu ferais mieux de ne plus m'interrompre !

– Je suis stupide, en effet..., approuva Tofaïr, mesurant qu'il avait griffé un fauve. Oublie donc ce que j'ai dit, et poursuis ton récit, ô mon hôte !

Et Al Razam sembla oublier instantanément la remarque par trop dérangeante.

## Al Razam et la question non posée

« Bref, reprit Al Razam, calmé, il m'accepta comme disciple... Plus le temps passait, plus cet homme m'intriguait. Je n'arrivais pas à cerner les limites de son savoir... Et, plus je le côtoyais, plus j'étais exaspéré par cette malice que j'avais remarquée en lui dès le premier jour. Il n'était jamais sérieux ! Avec un humour de mauvais garçon, il coupait, au moment le moins opportun, les travaux les plus ardus par des anecdotes futiles. Tant de savoir mêlé à tant d'enfantillage ! Pour quelqu'un qui était "né adulte", tu avoueras... J'en avais honte pour lui.

Mais tout cela n'était rien à côté de ce qu'il considérait sans doute comme une blague irrésistible : à tout bout de champ, en plein travail, il levait la tête, me regardait de biais en souriant finement et murmurait doucement : "Alors, Al Razam ! Tu ne me demandes toujours pas pourquoi ma main est blanche ?"... À la fin, je serrais les dents et ne répondais même plus. Il ironisait, mais je sais bien que, si j'avais osé poser la moindre question, il m'aurait immanquablement renvoyé !... Vois-tu, les maîtres sont ainsi. Alors je tenais bon, raide et droit, solide. Bref, je demeurais inflexible, et je le supportais stoïquement : c'était mon intérêt...

Cependant, un jour, la bourse que j'avais emportée pleine de ma ville natale se trouva vide. J'eus l'idée de renouveler mes richesses en appliquant mon art de l'alchimie. Mais mon maître s'y opposa soudain avec une violence outrancière, et me fit un sermon blessant sur la distinction qu'il me restait à saisir entre un apprenti-sorcier et un homme de connaissance. Sans doute avait-il une vision très idéaliste des choses. Et aucune notion du pouvoir... Enfin ! Je supportai tout cela en me disant que viendrait l'heure où j'en saurais assez pour agir en mon nom.

Le plus étrange fut que, quelques heures après cet instant pénible, il vint me trouver et me parla sur un ton radouci, comme s'il avait compris ses torts. Il me dit subitement :

– Al Razam, tu es trop raide ! Demande-moi pourquoi ma main est blanche... Laisse-toi aller, petit...

Je fus profondément choqué... Je le regardai sans rien dire, sans comprendre, essayant de maîtriser mon rejet... Et lui, se méprenant sans doute sur les causes de mon silence, me regarda profondément, sourit avec tristesse et dit dans un souffle :

– Un jour, peut-être, finiras-tu par y arriver... Al Razam, même si ce jour-là ma main n'était plus blanche depuis longtemps, je te jure que, où que je sois, si c'est pour me poser cette question, tu me trouveras... »

Le Guèbre sortit un instant de son rêve, regarda Tofaïr et murmura :

– Je n'ai jamais su ce qu'il voulait dire... Cela resta gravé en moi comme le comble de la perversité... Hum... Je ne sais pas pourquoi je te raconte tout cela...

Tofaïr savait écouter. Pour lui, Al Razam n'avait rien compris aux perches que lui tendait Ibrahim. Il était prisonnier de sa rigidité, jusqu'à l'aveuglement. Il ne voyait pas, même en le racontant, qu'il était passé à côté d'une question à poser, qui lui aurait ouvert la porte d'un autre monde...

Il l'aida à retrouver le fil de son récit :

– Qu'as-tu fait, alors, pour te renflouer ?

– Eh bien ! je renouai avec mon ancien métier et m'installai au souk des orfèvres. Je travaillai le jour et étudiai auprès de lui le soir.

Or, je n'avais rien perdu de mon habileté. En peu de temps, la nouvelle se répandit dans tout le souk qu'un étranger était arrivé qui avait la main la plus délicate qu'on eût jamais vue. On me surnomma bientôt l'Étranger expert, et ma réputation illumina le souk des orfèvres comme un phare dans la nuit.

## Al Razam l'orfèvre crée la bague pour l'empereur de Chine

« Cependant, un jour, alors que je me trouvais dans ma boutique, un officier de la garde impériale entra et me demanda de le suivre.

– Que se passe-t-il donc ? Que me veut-on ?

– Je l'ignore, ô étranger ! On m'a donné ordre de te mener au palais, où ta présence est requise par l'empereur lui-même. C'est tout ce que je sais !

L'inquiétude s'empara de moi, mais je n'avais pas le choix, et je le suivis sur l'heure.

Il me fit traverser la ville, se fit ouvrir les portes du palais impérial, et je pénétrai à sa suite dans cet édifice que mon maître avait bâti en une nuit.

Il m'avait dit qu'il regrettait profondément ce coup d'éclat inutile ; mais moi, j'en étais heureux, car c'était grâce à lui que j'avais pu le trouver.

Le palais était grandiose, et les salles que nous traversions plus magnifiques les unes que les autres. Pourtant, plus j'avançais, plus j'étais envahi par un sentiment d'étrangeté, un vertige, même. À dire vrai, ce palais semblait sorti d'une imagination maladive. J'avais le sentiment d'avancer dans une construction impossible, qui n'obéissait pas aux lois de la physique. Mon maître manquait de sérieux, mais était d'un parfait équilibre. Or, malgré son incroyable splendeur, tout l'édifice donnait une impression d'obscur déséquilibre. Seule une volonté déterminée de paradoxe avait pu présider à sa conception, et seule l'intervention de la magie l'avait rendu possible ! Car aucune main humaine n'était capable d'édifier un tel bâtiment, si proche des délires produits par les rêves.

C'était cela ! Plus j'avançais, plus je croyais entrer dans un rêve... Chaque salle avait une forme nouvelle et étrange, les plafonds étaient de hauteurs inégales, et des marches improbables rétablissaient les différences de niveau. Même la lumière semblait mystérieuse. Certaines pièces avaient des toits en forme de dômes, construits en pierres précieuses de toutes les couleurs, si bien que la lumière projetait sur le sol une mosaïque colorée, comme un carrelage irréel...

Je dois avouer que je me laissai vite prendre au charme de cette beauté incompréhensible. D'autant plus qu'au fur et à mesure de notre périple le silence se faisait plus dense, les courtisans se raréfiaient, les salles devenaient plus intimes et plus chaudes, tandis qu'on marchait toujours plus profondément vers le centre...

On me fit enfin pénétrer dans une pièce entièrement ronde, autant par les murs que par le plafond : une sphère parfaite, si l'on exceptait le sol, qui restait plat. L'arrondi était fait de lamelles d'or, d'émeraude et d'ivoire qui se réunissaient en une clé de voûte d'un rubis d'un seul tenant. Et sous le rubis, exactement, sur un sofa de brocart d'or, trônait le Fils du Ciel, le Lac de la Sérénité, l'empereur de Chine...

Impressionné par tant de magnificence, je m'inclinai par trois fois et restai courbé, attendant qu'il m'adressât la parole.

– Es-tu bien cet étranger qui serait plus expert que le meilleur de mes orfèvres ?

– C'est ce qu'on dit de moi, ô Sublime Sérénité. Mais c'est peut-être un peu exagéré ! Je n'ai jamais eu l'intention de dépasser tes artisans !

– J'espère pour toi que ta réputation n'est pas usurpée. J'ai besoin de ton art... Saurais-tu faire une bague splendide et délicate, et qui, grâce à un mécanisme que tu inventerais, quelles que soient son orientation et sa position dans l'espace, *indiquerait toujours l'est* ?

Je réfléchis un moment, séduit par la difficulté de la commande, et parlai tout haut sans y prendre garde :

– Ce doit être réalisable... Il faudra construire une sorte de boussole...

– Cela ne suffit pas. Je veux un travail plus fin, un mécanisme plus subtil. Une boîte à musique ou quelque chose de ce genre.

– Il faudra donc deux mouvements, un pour la boussole et un pour l'horlogerie... Hum, lier les deux ne sera pas facile...

– Mais y arriveras-tu ? me coupa l'empereur.

– Eh bien, hésitai-je, il faut étudier le problème plus sérieusement, mais je pense que oui...

– Je te donne quinze jours.

– Mais c'est bien trop peu !

– De quel droit contestes-tu mes ordres ? Tu as la chance d'être un étranger, et d'être nécessaire à ma Sublimité, car sans cela je t'aurais fait exécuter sur l'heure... Tu as quinze jours, pas un de plus.

Et il me fit signe de me retirer d'un geste impatient de la main, comme pour chasser une mouche.

Quinze jours pour un pareil travail ! Si je voulais être dans les délais – et la prudence me soufflait que tel était mon intérêt –, je devais renoncer pour un temps à étudier chez mon maître, car il me faudrait travailler jour et nuit pour tenir une telle gageure...

Je courus donc chez lui pour le prévenir, lui expliquai tout et lui demandai même s'il pouvait m'aider pour la conception du « mécanisme subtil » que j'étais censé inventer, construire, et qui devait marcher impeccablement dans quinze jours.

Il m'écouta en silence et, lorsque j'eus fini, il s'écria :

– Mais Al Razam, où as-tu donc la tête ? Tu n'aurais jamais dû accepter ce travail ! Non pas à cause de sa difficulté – si tu veux, je t'aiderai, ce ne doit pas être sorcier de mêler le mouvement de boussole à celui d'horlogerie, on verra cela tout à l'heure –, mais à cause du danger extrême qu'il y a à approcher les puissants ! Depuis que tu es à mes côtés, ne m'entends-tu pas tous les jours me repentir d'avoir travaillé pour l'empereur ? Et tu tombes dans la même erreur !

– Mais, mon maître, j'ai toujours pensé que tu regrettais seulement la renommée qui s'en était suivie !

– Aussi... Mais cela a failli très mal tourner pour moi, sais-tu ? Il s'en est fallu de peu que je n'en sorte pas vivant, de ce fameux palais... Tout était de ma faute, remarque bien ; mais au service des rois, aucune faute n'est permise ! J'avais juste commis une petite négligence...

Il s'arrêta un instant, sourit aux anges et murmura comme pour lui-même :

– Une erreur de jeunesse, en quelque sorte...

Et il éclata d'un fou rire irrépressible.

J'étais passablement amusé aussi, car je savais bien qu'il était né "sans enfance"...

– Je dois dire qu'elle a eu des conséquences assez drôles, poursuivit-il. Mais les rois manquent de sens de l'humour...

Il eut une moue de gamin déçu. Je ne l'avais jamais vu aussi enfantin. Mais plutôt que de m'agacer, cette fois-là je me sentis gagné par la complicité, sans doute à cause de la proximité de nos expériences royales.

– Vois-tu, Al Razam, il faut bien l'avouer, ce fut une sacrée bévue !... Ô calamité !

Je ne demandai rien, fidèle à mon vœu de discrétion. De toute façon, c'eût été superflu, il était lancé. »

## Histoire de l'erreur de calcul, racontée par Ibrahim la Main blanche

« Sache – bien que je connaisse ton aversion pour les détails personnels me concernant – qu'il y a quelque temps de cela je fus trouvé à demi mort en plein désert par une caravane faisant la route de la soie. J'étais hagard, épuisé et près de m'effondrer. Les chameliers me secoururent et me déposèrent en même temps que leurs marchandises chez leur commanditaire, un marchand drapier qui habite à quelques rues d'ici.

Cet homme m'accueillit avec bonté et m'aida à recouvrer la santé. Il me laissa le temps de me remettre sans me presser de questions, et ouvrit pour moi sa maison et ses richesses sans jamais rien compter. Grâce à sa générosité, je fus rétabli au bout de huit jours. Le soir même j'allai le trouver.

– Sache, lui dis-je, que je m'appelle Ibrahim et que je suis magicien. Tes caravaniers m'ont sauvé, et ta générosité m'a rendu à la vie. Je tiens à t'en remercier... J'ai le pouvoir de réaliser certains rêves... Dis-moi seulement quel est le tien, et je jugerai si je peux le concrétiser.

Ses yeux s'arrondirent d'incrédulité, et il finit par dire :

– Ce que je veux ?

– Oui !

– N'importe quoi ?

– Oui, dans la mesure où cela ne dépasse pas mes compétences.

– Et quelles sont les limites de tes compétences, ô mon hôte ?

Je souris mais demeurai silencieux.

– Bon... Je n'ai qu'à demander, et je verrai bien ?

– Exactement !

Il réfléchit une heure, en butte à l'hésitation. Puis il se décida :

– Écoute, je viens d'acheter un terrain en face du palais impérial. J'aimerais que tu m'y construises un palais ! Un palais splendide ! D'un luxe fou !... C'est possible ?

– C'est facile ! Apporte-moi un parchemin, un calame et de l'encre. Tu auras ton palais dans quelques heures.

Nous passâmes le reste de la nuit penchés sur le parchemin à dessiner le palais de ses rêves, ses suggestions guidant mon trait.

Je fis agir mon pouvoir de telle sorte qu'au fur et à mesure que je dessinais sur le parchemin le palais se bâtissait sur le terrain. Étage par étage, il fut dessiné et construit en une nuit.

Au matin nous allâmes voir les « travaux ». Le palais était si réussi que le drapier voulut emménager sur l'heure.

## Ibrahim crée un palais pour l'empereur de Chine

Or pendant ce temps-là, l'empereur sortit de son sommeil et, pour se réveiller au contact de la fraîcheur matinale, il ouvrit la fenêtre. Et il aperçut ce qu'il aperçut et hurla :

– Qu'est-ce que c'est que ça ?

Et « ça », c'était notre palais monté en une nuit, plus beau que le palais impérial, qui cachait le soleil au palais impérial... et qui n'était pas là la veille...

Le Premier ministre, qui était accouru au premier cri, regarda par-dessus l'épaule impériale, s'affola grandement et se ratatina avec un imperceptible :

– Je ne sais pas, ô Lac de la Sérénité !...

Et le Lac de la Sérénité se transforma en un raz de marée de colère rouge et éructa :

– Va voir, ô rognure d'ongle de l'ignorance !

Et le Premier ministre alla voir. Et vite. Et il sut. Et il me fit appeler. Et il me conduisit devant le Lac de la Sérénité pour tenter de faire tomber le raz de marée sur un autre que lui.

Il raconta tout ce qu'il savait – c'est-à-dire tout ce que je viens de te raconter, ô Al Razam –, ce qui eut pour effet de ramener le calme dans le cœur de l'empereur et l'intérêt dans son œil.

– Ainsi, tu peux bâtir des palais avec la seule aide d'un calame, d'un parchemin et d'un peu d'encre ?

– Oui, ô Altesse Sérénissime.

– Tu pourrais donc me bâtir un palais, plus beau que celui du drapier, en face de celui du drapier et qui cache le soleil à celui du drapier ?

– Euh...

J'eus un petit temps d'hésitation, mais le Premier ministre me prévint d'un geste d'index coupant le cou qu'il valait mieux accepter. Je répondis donc rapidement :

– Bien sûr, ô Lac de la Sérénité !

– Qu'on lui apporte ce qu'il demande !

Et ce fut ainsi que pour la deuxième fois en vingt-quatre heures je me retrouvai avec quelqu'un penché sur mon épaule, dessinant d'un doigt gourmand sur un parchemin ses désirs architecturaux, attendant que je les reproduise scrupuleusement. Cependant, ceux de l'empereur étaient infiniment plus tordus que ceux du drapier ! Je m'égarai donc dans les entrelacs compliqués, érigeai des dômes par-ci et des faux plafonds par-là. Je n'insiste pas, tu as vu par toi-même !... Cependant, les rois n'ont pas coutume de jouer longtemps au même jeu ; plus que les autres hommes, ils se lassent. Une fois qu'il eut déterminé avec précision toutes les impossibilités qu'il voulait voir exister dans son palais, l'empereur se désintéressa totalement de la question et, la moue blasée et le geste négligent, il soupira :

– Je te fais confiance, finis tout seul, tu as compris l'idée, ô magicien.

Et il se tourna vers son ministre, qui s'était un peu défripé en voyant son empereur s'amuser, et lui proposa :

– Dis-moi ! Et si on allait visiter ce palais ? Là-bas, sur le terrain ? Pendant qu'il est en train de monter ? Hein ? On ouvrirait des portes donnant dans des pièces qui n'existent pas encore ! On attendrait que l'escalier se fasse sous nos yeux, et on monterait dans le vide ! Oh ! Que ce serait drôle !... N'est-ce pas, ô ministre ?

Or ce ministre était prudent ! Je dirais même qu'il était l'incarnation de la prudence... Et il avait un flair parfait pour dénicher les imprudences et les idées excentriques ; et il les démasquait d'un tonitruant : "Aaah ! Ce n'est pas prudent !"

Plus le "Aaah !" était long, plus l'action était imprudente.

Or à l'écoute de l'exécrable proposition, le ministre se refripa instantanément et indiqua la mesure de l'imprudence en un interminable "Aaaaaa-aaah ! Ce n'est pas prudent !", si bien qu'il donna l'impression qu'on lui arrachait une dent...

Mais l'empereur se voyait déjà sur place. Il ne tint donc aucun compte du cri de son ministre et, au comble du dédain, lui jeta :

– Tu n'es qu'un rabat-joie, un tente-rien, un étriqué !... Allons, suis-moi ! On va s'amuser ! Je sens que ça va être drôle !

Puis il trancha, glacial :

– C'est un ordre.

Alors ils partirent, et je continuai mon travail pendant que tous deux se promenaient dans le palais en construction.

L'empereur avait dit vrai : ils s'amusèrent énormément... Surtout l'empereur...

## L'erreur d'Ibrahim

Mais, tout à coup, tous deux furent frôlés par un bruit terrifiant qui passait à toute allure.

Et ils regardèrent.

Or ce bruit, c'était un mur...

Ils avaient failli être écrasés par le passage d'un mur !

Ils respirèrent, épongèrent leur angoisse et regardèrent autour d'eux.

Et voici : ils étaient dans un réduit de deux mètres sur deux sans portes ni fenêtres.

Alors le ministre regarda l'empereur.

Et l'empereur regarda tout, sauf le ministre.

Cependant, il chuchota comme un enfant puni :

– Où est-on ?

Et le ministre, triomphant, mais ayant le triomphe discret et indulgent, résuma calmement la situation :

– Deux mètres sur deux... Sur le parchemin, cela fait deux millimètres sur deux... Il n'aura certainement pas voulu faire une pièce de cette dimension ; ni un réduit : il n'y a pas de porte ni de fenêtre. Non... Deux mètres sur deux, à mon avis, c'est une erreur de calcul...

– Hein ? Une erreur de calcul ? Nous sommes enfermés dans une erreur de calcul ?

– Je le crains, ô Altesse...

– Et comment va-t-on sortir de là ?

– Il y a deux solutions, à mon avis, ô Sublime Sérénité : soit Ibrahim se rend compte de son erreur, et il gomme..., soit – puis-je me permettre –, Ibrahim ne s'en rend pas compte, et ou bien il jette son parchemin à la poubelle ou encore il le déchire...

– Et s'il le déchire ou s'il le jette à la poubelle, nous, on va être *où* ?

Le ministre s'aperçut que l'empereur avait atteint les limites de l'angoisse. Lui-même, parce qu'il avait eu raison, se sentait calme : il maîtrisait parfaitement la situation et offrait au malheur la figure réjouie de celui qui – faut-il le rappeler ? – l'avait prévu.

Pendant ce temps, je continuais mon travail sans me douter de rien. L'empereur et son ministre restèrent bien quatre heures bloqués dans ma bévue !

Comment sont-ils sortis de là ? Oh, de la façon la plus simple : la garde affectée à la salle du trône reçoit tous les soirs ses ordres de relève du chef des gardes, qui les reçoit du chambellan, qui les tient lui-même du Premier ministre. Bloquer le Premier ministre dans une bévue revient donc à bloquer les gardes dans la salle du trône.

Le chef des gardes, voyant l'heure dépassée depuis longtemps, commença donc à s'inquiéter prodigieusement de l'absence d'ordre, réfléchit énormément, remonta la rivière des causes jusqu'à sa source : l'absence du Premier ministre, et se souvint que celui-ci avait été entraîné par l'empereur hors des frontières de la prudence. Or, comme il passait toute sa journée dans la salle du trône, et qu'il connaissait parfaitement le caractère de l'empereur, son inquiétude redoubla tant qu'elle atteignit le seuil de l'initiative personnelle.

Il s'approcha de ma table de travail et m'arrêta d'un geste :

– Où peuvent-ils être, créateur de troubles ? L'empereur ne joue jamais plus de deux heures au même jeu ! Il aurait déjà dû se lasser et rentrer ! Je suis inquiet... Viens avec moi dans ce maudit palais ! Ils doivent y être encore !

Arrivés au palais, nous nous y sommes promenés, appelant très haut l'empereur et son ministre. Nos voix résonnaient dans les salles vides. L'ambiance était lugubre, la nuit tombait, et mon compagnon n'en menait pas large. Tout à coup, après un de ces appels des plus énergiques, nous avons cru percevoir une réponse étouffée. Le garde cria de plus belle, et de nouveau, mais de manière plus distincte, on nous répondit.

Nous nous sommes donc dirigés au bruit, réitérant nos cris et attendant qu'on nous répondît en des cris assourdis.

Finalement, nous les avons trouvés. Enfin... nous avons trouvé le mur... Le garde voulut en faire le tour pour découvrir l'ouverture, mais je l'en dissuadai, car moi qui connaissais les plans, je savais bien qu'il aurait perdu son temps : ce mur ne donnait sur rien !

Un peu surpris malgré tout de savoir le Lac de la Sérénité bloqué dans un non-lieu, je criai :

– Êtes-vous là ?

Et un hurlement me répondit :

– Oui, nous sommes là ! Et nous sommes enfermés depuis quatre heures dans ton incompétence, ô lamentable !... Quelle est cette pièce de deux mètres sur deux, sans porte ni fenêtre, ô mesquin ?

– Ne vous affolez surtout pas ! C'est une erreur ! On va vous sortir de là !

Le chef des gardes me regarda avec la rage d'un chien fidèle dont on attaque le maître...

– Attends ici ! m'écriai-je. Ne bouge surtout pas ! Je vais aller au palais et gommer ce mur sur le parchemin. Ce sera plus facile, plus rapide et moins dangereux...

Je ne précisai pas pour qui et filai en vitesse.

Arrivé devant mes plans, je repérai immédiatement l'endroit exact et constatai une surcharge du tracé, formant un double trait sur environ deux millimètres. Une erreur, effectivement. Une insignifiante hésitation qui aurait pu avoir des conséquences catastrophiques.

Je gommai le trait superflu en évitant d'effacer le sol, pour ne pas aggraver ma faute par un accident, quoique je fusse à peu près persuadé que seule ma mort immédiate et violente allait pouvoir calmer la fureur de l'empereur.

## La fameuse main blanche d'Ibrahim

Ce en quoi je me trompais. Car, en sortant de ma bévue, l'empereur dut retraverser tout le palais qu'il n'avait pas vu terminé (et pour cause !). Et il fut ébloui par ce que j'avais réalisé, qui lui parut magnifiquement conforme à ses vœux. Et cette promenade lui fit oublier sa mésaventure et le poussa à l'indulgence.

À son retour, il me dit donc sans véritable conviction :

– Je pourrais te faire tuer pour tentative de meurtre par étouffement sur la Personne Impériale...

– C'est un hasard malheureux, ô Altesse Sérénissime ! Ma main a tremblé, et la malchance a voulu que tu te trouves juste au centre de ce tremblement !

– Cette main si étrange que j'avais déjà remarquée quand tu dessinais ? Je me suis demandé comment tu pouvais travailler avec une telle infirmité...

– Oh, ce n'est rien, Altesse Sérénissime, je peux m'en servir comme de l'autre, avec la même aisance !

– Mais qu'a-t-elle donc ?... Est-ce contagieux ? s'inquiéta-t-il soudain.

– Non, Majesté, répondis-je en souriant. Disons qu'elle est, elle aussi, une erreur de calcul... en quelque sorte... Une erreur de naissance...

– Hum... L'erreur génère l'erreur..., murmura l'empereur. En fais-je une à mon tour en t'accordant ma grâce ?... Va, retire-toi avant que je ne change d'avis. Et considère que tu ne dois la vie qu'à la beauté de ton œuvre, qui a dilaté ma poitrine après que ton erreur, fille de l'erreur, l'eut rétrécie !

Je me retirai en toute hâte, et voilà comment l'histoire se finit !...

L'empereur fit comme le drapier : il déménagea sur l'heure, et l'ancien palais fut tout à fait abandonné au profit de celui-ci...

Tout cela pour te dire que j'étais à un cheveu de la mort, à cause d'une erreur insignifiante. Les rois n'hésitent pas à sanctionner lourdement les fautes les plus minimes. Tiens-le-toi pour dit, Al Razam !

– Mais, ô mon maître, objectai-je, cette histoire ne s'est pas si mal terminée !

– Parce que le palais était beau, mon petit..., fit il avec un sourire.

– Eh bien, la bague sera belle ! ai-je affirmé. »

## Retour à l'histoire d'Al Razam
## La bague, fille de sa fantaisie

« Quand mon maître vit que ma décision était inébranlable, il soupira avec lassitude, me regarda d'un air excédé, mais passa toute la nuit à faire toutes sortes de croquis et de calculs pour trouver la façon de lier les mouvements d'horlogerie et de boussole, par pur amour de l'art... D'ailleurs, au bout d'une heure, possédés par la même passion de la recherche, nous avions oublié le monde qui nous entourait, et vers la fin de la nuit nous avions trouvé !

Je rentrai chez moi, débordant de joie, et me mis immédiatement au travail. J'œuvrai pendant les quinze jours sans désemparer. Mais ses leçons me manquaient tant qu'un soir, alors que je peinais à confectionner les roues minuscules qui composent le mécanisme d'horlogerie, j'eus l'idée de réviser dans mon esprit, en même temps que mes mains travaillaient, certains signes magiques qu'il m'avait enseignés. Petit à petit, mon esprit se laissa totalement absorber par ces révisions et, sans m'en rendre compte, d'un geste machinal, je gravai sur les roues du mécanisme les signes talismaniques qui m'obsédaient, comme je les aurais griffonnés sur un bout de papier, et il y en eut un sur chaque pièce... Puis, sans y prendre garde, je montai le rouage précis de l'horlogerie...

Enfin, au jour dit, la bague fut prête et je la portai à l'empereur.

Il en fut éminemment satisfait et me couvrit d'or et de compliments.

Enfin libéré, je courus chez mon maître pour étancher ma soif de savoir si longtemps différée.

Ce ne fut que huit jours plus tard, alors que nous étions revenus, pendant nos séances de travail, à l'étude de ces signes, que j'appris tout à coup ceci : lorsqu'ils étaient écrits dans un certain ordre et disposés d'une certaine façon dans l'espace, *ils déclenchaient des forces obscures et dangereuses* ! Je revis, en un éclair, mes dessins et le mécanisme d'horlogerie. Hélas, par le plus grand et le plus malheureux des hasards, c'était exactement dans cet ordre et cette disposition que je les avais placés dans la bague !

Je n'osai rien avouer, tant j'étais terrifié. En même temps, j'avais honte de moi, je me sentais déçu par moi-même : j'avais toujours été sérieux, irréprochable... Et voilà que j'avais eu un moment d'inattention ! Et qu'avais-je commis dans ma fantaisie absurde et déplorable ? J'avais fabriqué une arme redoutable ! Un instrument dangereux au maniement délicat, qui n'aurait dû se trouver qu'entre des mains éclairées, et qui était entre les mains de l'empereur !... S'il venait à en connaître le pouvoir... »

Al Razam marqua une seconde d'arrêt, s'apercevant tout d'un coup qu'il en disait trop. Il retrouva son calme, et une nuance sournoise rendit son œil plus opaque. Il sourit en oblique et reprit rapidement :

« Bref, il fallait à tout prix récupérer la bague pour en effacer les signes et, avec les signes, le pouvoir ! Je courus donc au palais impérial et demandai à être introduit d'urgence auprès du Lac de la Sérénité.

Je trouvai l'empereur bouillant de fureur.

Je fis appel à toutes mes réserves de courage et le priai de me rendre la bague pour un jour, sans préciser pourquoi. Alors il explosa :

– Je ne l'ai plus ! Et le malheur est entré dans ma maison à cause de ta bague, ô face de vautour ! Je ne veux plus te voir ! Quitte à l'instant mon palais ! Quitte ma ville et mon royaume ! Dépêche-toi de disparaître de devant ma face ! Et si tu es encore dans ma ville d'ici une heure, je te ferai couper la tête avec délectation !

Je partis en courant sans demander mon reste, ni même savoir quel était le malheur qu'avait bien pu causer la bague. Je dus m'enfuir du pays sans pouvoir dire adieu à mon maître... »

## Al Razam passe la parole à Tofaïr

Il soupira et resta un instant silencieux.

– Je ne l'ai jamais revu... Et c'est ainsi que je fus coupé de la seule source du savoir infini...

L'intuitif Tofaïr perçut immédiatement la profonde nostalgie d'Al Razam. Il en fut surpris : le savoir, même infini, ne crée pas une telle nostalgie. « L'homme regrette Ibrahim ! devina Tofaïr, sa main blanche, et, qui sait ? peut-être même sa fantaisie... » Tofaïr sourit avec espièglerie.

Mais Al Razam se reprit et termina son récit avec emphase.

– Enfin ! Je rentrai m'installer dans mon pays natal, ici, à Chiraz... Un jour, j'entendis dire que sa main avait retrouvé une apparence normale et qu'il avait aussitôt disparu, comme prévu...

Quant à moi, je choisis la puissance et atteignis une grande notoriété. Les rois du monde me respectent et me craignent, le commun des mortels m'honore, et les simples me vénèrent. Aujourd'hui, mon pouvoir et mon influence sont tels que nul ne s'aviserait, fût-il un roi, de se risquer à me contredire ou à m'imposer quoi que ce soit !

Pourtant, je ne pus jamais oublier cette bague, seule tache sur ma carrière... Et voilà trente ans que je la cherche pour effacer les signes de mon unique faiblesse ; trente ans que mes recherches sont vaines !

À cet instant, Al Razam regarda Tofaïr de cette même façon – un œil fermé et l'autre œil ouvert – qui l'avait déjà glacé d'effroi au début de la soirée...

Il se pencha sur lui, tel le vautour sur sa proie, et détachant tous ses mots lui dit :

– Et maintenant ton tour est venu de parler ! Car je veux savoir, jeune homme, comment il se fait que cette bague se trouve entre tes mains...

# Tofaïr s'invente un père

Tofaïr avait bien écouté l'histoire d'Al Razam, et son intime conviction était que cet homme lui mentait.

Non que toute l'histoire fût fausse, non, loin de là. Mais si le Guèbre voulait récupérer la bague, ce n'était sûrement pas pour effacer les signes qui en faisaient un objet aux pouvoirs dangereux, mais bien pour l'*utiliser* et manœuvrer ces forces !

Même si l'homme était un être humain avec ses failles cachées, comme Tofaïr l'avait perçu, il était manifestement avide de pouvoir. Rapace et sans pitié, il se disait le plus puissant magicien du monde ; or la bague dégageait des forces obscures et dangereuses.

À la pensée d'une telle combinaison, Tofaïr frissonna d'épouvante.

L'espace d'un instant, son imagination chevaucha le cheval du cauchemar : il se vit dans un désert brûlant, entouré de mille vautours à la face alrazamesque, qui le cernaient en grimaçant et tournoyaient en vociférant « Onveulabag ! Onveulabag ! Onveulabag ! Veulabag ! »

D'instinct, il bougea sur son fauteuil et, de son autre main, couvrit celle qui portait la bague. Cette vision n'avait duré qu'un éclair, mais Tofaïr sut qu'il venait, en cette intuition, de saisir la noirceur du Guèbre.

Or Tofaïr était assez courageux pour décider qu'il ne fallait à aucun prix lui céder cette bague. L'heure était donc venue de combattre.

Il se défit de sa peur comme on tombe la veste et approcha de son fleuve préféré, le fleuve de l'invention immédiate, dont il voyait maintenant les rives lui sourire comme si elles l'invitaient à la baignade... Or le Guèbre lui avait fourni le plus précieux des cadeaux : une histoire trouée !

En effet, Al Razam ne savait pas quel malheur avait causé la bague au palais de l'empereur de Chine, pourquoi celui-ci ne l'avait déjà plus, huit jours à peine après l'avoir reçue, ni pourquoi il était si furieux qu'il avait chassé l'orfèvre du pays ! Avec ça, Tofaïr allait pouvoir inventer en toute quiétude. En plus, l'empereur et son étrange palais aiguisait son imagination.

Il jubilait. Il se cala mieux dans son fauteuil, but un peu, jeta un regard furtif sur le bleu profond piqué d'étoiles du lapis-lazuli, comme s'il y cherchait l'inspiration, remit sa main protectrice dessus, toussa, prit son élan, et plongea.

– Sache, ô Al Razam le Guèbre, que je ne puis en aucun cas me défaire même un seul instant de cette bague, car elle me vient de mon père, qui me la donna sur son lit de mort en disant : « Prends cette bague, ô mon fils, et conserve-la en souvenir de moi, car elle fut pour moi la chose la plus précieuse au monde, en même temps que la plus douloureuse... »

Mais pour que tu comprennes ces paroles, ô Al Razam, mon hôte, il me faut te raconter l'histoire de mon père depuis le début.

Et Tofaïr céda au désir irrésistible de s'inventer un père, luxe inouï pour lui qui ne connaissait pas le sien...

Il ferma les yeux, invoqua l'image d'un homme qu'il aurait aimé avoir pour père, et voici ce qui apparut :

## Histoire de Sandjor et de Douce aurore, racontée par Tofaïr

« Il s'appelait Sandjor, vivait à Bagdad et était un des experts en numération arabe attachés au service du calife...

Or, un jour d'entre les jours, il advint que l'ambassadeur de Chine arriva à Bagdad. Dès qu'il fut présenté, il exposa l'objet de son immense voyage : le Fils du ciel, empereur de Chine, portait un profond intérêt à la numération arabe. Il avait entendu parler de l'invention du zéro, du système des chiffres, de la facilité nouvelle des opérations sur des parchemins. Il était curieux de cette nouveauté et de son application à la trésorerie de l'empire.

Car il faut dire qu'à cette époque les trésoriers chinois comptaient, comme aujourd'hui, sur des bouliers. Mais, à la fin de leur calcul, au lieu de noter le résultat sur une feuille et de réutiliser le boulier pour le calcul suivant, ils le bloquaient à l'horizontale et le conservaient ainsi dans la salle des archives. Cela rendait l'archivage très précaire.

Sandjor fut donc choisi pour expliquer son art à l'ambassadeur, car il était un des experts les plus respectés, et son amabilité était appréciée de tous.

Or, l'ambassadeur n'avait rien d'un trésorier, ni d'un comptable. Il se mit à peiner, et à geindre sous le poids des explications. Devant ce problème, Sandjor décida de l'accompagner en Chine, aux confins du monde, pour enseigner son art directement aux trésoriers.

L'ambassadeur de Chine se réjouit sincèrement d'une telle idée, il embrassa Sandjor et le choya tout au long du voyage. C'est ainsi que son cœur fut délivré du poids mathématique.

## Sandjor au palais des archives

Une fois en Chine, Sandjor fut présenté au Fils du Ciel et accueilli magnifiquement. Puis on lui proposa de visiter le palais des archives impériales de trésorerie, dont le système de classement, unique au monde, en faisait une des curiosités les plus remarquables du pays. En effet, le palais des archives était la reproduction fidèle, et quasi intégrale, du palais impérial, mais à plus petite échelle.

Curieux, Sandjor suivit son guide. Ils traversèrent plusieurs jardins qui entouraient le palais, passèrent derrière et aboutirent en face d'un palais, réplique parfaite du palais impérial, en plus petit.

– Le voici, ô étranger ! Comme tu peux le constater, l'architecture de ce palais reproduit exactement celle du grand palais impérial.

Sandjor dut l'admettre. Toutefois, en bon mathématicien, sensible aux abîmes infinis, il demanda :

– Mais, dites-moi, ce palais fait donc partie intégrante du domaine impérial, au même titre que les jardins ou les dépendances ?

– Oui, bien sûr !

– Alors, continua-t-il, légèrement ironique, puisque vous vouliez reproduire tout le domaine impérial, comme vous l'affirmiez à l'instant, vous avez dû reproduire aussi ce petit palais, car il fait partie du domaine. Mais ce faisant, vous avez donc créé un autre palais, encore plus petit que celui-ci, et cela à l'infini !

Le visage de l'archiviste s'illumina. Il avait reconnu chez Sandjor cet amour du vertige qui fait les grands mathématiciens. Alors, il devint volubile :

– Bien pensé, ô vénérable collègue ! Nous l'avons en effet reproduit ! Mais pas à l'infini ! Nos ancêtres l'ont fait autant de fois qu'ils ont pu trouver une utilité aux bâtiments : quatre fois, exactement... Pour donner une idée de l'infini, sans enlaidir les jardins ! la première reproduction, c'est celle-ci, le palais archival lui-même ; c'est la plus importante, bien sûr. Nous irons tout à l'heure voir la deuxième, derrière. Nous y avons installé nos appartements et notre salle d'entraînement, car l'espace y est suffisant. Dans la troisième, nettement plus petite, sont entreposées les archives des dépenses concernant les archives elles-mêmes et l'entretien des archivistes : l'archivage de l'archivage, si tu préfères. Enfin, la quatrième reproduction est si petite qu'elle est simplement symbolique et sert de salle de jeux pour les enfants de l'empereur. Nous nous sommes arrêtés là, ô étranger ! Il faut bien être raisonnable...

– Mais pourquoi avez-vous besoin d'un palais entier pour archiver la trésorerie ? Et comment vous est venue cette idée de miniature ?

– Ta question est perspicace et mérite des explications, ô étranger, car tu ignores nos usages ! L'ambassadeur t'a sans doute expliqué que depuis des siècles nous archivons tout sur des bouliers. Or, les bouliers sont encombrants et fragiles : la stabilité des boules est précaire. La prudence exigeait donc de ranger les bouliers à l'horizontale et de les protéger en les encastrant dans des tiroirs parfaitement ajustés.

Chaque tiroir contient un boulier qui conserve l'état des dépenses pour une année dans un domaine précis.

Nos ancêtres prirent l'habitude de superposer les tiroirs année après année. Ce qui donna bientôt des colonnes de tiroirs. À chaque colonne, son sujet de dépense.

Or il y a tant de sujets de dépense ! Cuisine, train de vie, traitement des ministres, des gardes, entretien domestique, sans parler, bien entendu, des frais de guerre, et dépenses officieuses...

Il y avait des colonnes pour tout cela ! Alors, nos ancêtres se sont vite retrouvés dans une forêt touffue où ils mettaient des heures à trouver “l'arbre” qui les intéressait !

Ils avaient beau classer les colonnes par genre : toute la cuisine par-ci, tous les pots-de-vin par-là, ils ne s'y retrouvaient guère. De plus, ils manquaient cruellement de place, car, à cette époque, les archives étaient installées dans les sous-sols du palais impérial.

Finalement, l'un d'eux eut cette idée géniale : reproduire le palais impérial en plus petit. Dans chaque pièce, ils rangeraient toutes les colonnes de dépenses concernant ladite pièce !

Ainsi, au lieu de chercher une heure la colonne des bois de cuisson, par exemple, il suffirait d'aller dans la fausse cuisine du petit palais, et on trouverait cette colonne à la place exacte où se trouve la cheminée dans le palais impérial !

Cette idée fut proposée à l'empereur de l'époque, qui l'accepta avec enthousiasme. La coutume se transmit de règne en règne, et lorsqu'un empereur voulait transformer le palais, ou même en changer totalement, il respectait la coutume des quatre reproductions dans son nouveau palais. Ainsi, par exemple, lorsque notre empereur déménagea, dernièrement, et qu'il abandonna le vieux palais de ses pères pour la magnificence de cette nouvelle demeure, il conserva la tradition des quatre reproductions et leur usage respectif...

Cependant, il y a une différence. Dans ce nouveau palais, construit par magie, un mystère épais règne autour du harem. Contrairement aux usages de nos ancêtres, les comptes du harem ne nous sont pas confiés.

Lors de la construction du palais des archives, l'empereur demanda de laisser vide l'espace du harem et de ne pas en reproduire l'organisation spatiale. Oh, je comprends qu'il ne veuille pas étaler, ouvert à tous, le chemin des chambres de ses femmes !

Il eut un petit rire, difficile à qualifier, et poursuivit :

– Mais ce n'est pas la tradition. Les autres empereurs faisaient confiance aux archivistes...

Il soupira sur les temps qui changent :

– Enfin ! Ce lieu vide est un bien grand mystère...

Bientôt, ils furent rejoints par les trésoriers impériaux et les maîtres archivistes. Ils s'installèrent dans une autre salle, à l'écart des bruits, et Sandjor se mit à exposer la numération arabe.

Et toutes les têtes calculeuses de l'empire céleste plongèrent avec passion dans la mer des mathématiques, oubliant l'heure et le monde.

## Sandjor fait un cerf-volant

Tous les jours se passaient en travail intensif. Dans les moments de repos, Sandjor allait se détendre auprès des enfants de l'empereur, qui jouaient en riant et criant sans retenue du côté de la quatrième reproduction.

Un jour, il les trouva particulièrement affairés. C'était l'époque des cerfs-volants. Ils avaient improvisé de petits établis, où certains bricolaient avec sérieux, tandis que les autres couraient déjà dans les allées pour essayer leur jouet.

Or Tigre ombrageux, dernier-né de l'empereur, pleurait dans un coin parce qu'il était trop petit et que les autres ne voulaient pas l'aider. Sandjor s'approcha :

– Qu'est-ce que tu veux que je te fasse ?

– Le roi des oiseaux ! répondit Tigre ombrageux avec un espoir soudain.

– Hum... Bon... D'accord !

Sandjor réfléchit un moment... Les Persans avaient aussi un grand oiseau mythique, qu'ils appelaient Simorgh, ce qui veut dire « trente oiseaux ». Cela lui donna une idée.

Il se fit apporter des papiers légèrement huilés de toutes les couleurs et se mit à y découper des formes très stylisées d'oiseaux. Il en fit trente, chacun d'une couleur différente. Ensuite, avec l'aide de Tigre ombrageux, il coupa les tiges de balsa et colla les armatures sur chaque oiseau. Quand tout fut prêt, il assembla les trente oiseaux, et l'enfant vit naître sous ses yeux émerveillés un très grand oiseau multicolore qui était la réunion de tous les petits !

Sandjor installa un réseau de fils, le plus simple possible, et dit :

– Voilà ! Viens ! On va l'essayer.

Ils sortirent, et Sandjor lança le grand oiseau dans le vent. Il évoluait bien. Tigre ombrageux voulut essayer. Mais Sandjor lui dit :

– Attends ! Je vais te montrer son secret... Regarde bien ce que je fais, là, avec les fils...

Sandjor avait depuis le début deux fils dans les mains. Il tira rapidement sur un seul des deux fils.

Le grand oiseau éclata soudain en morceaux. L'enfant jeta un cri, ravi : trente oiseaux volaient maintenant en formation rigoureuse ! Un nouveau jeu de fil et, hop ! le grand oiseau se reconstitua !

Tigre ombrageux resta sans voix, radieux, puis s'élança avec reconnaissance dans les bras de Sandjor. Celui-ci lui apprit à manier le cerf-volant et, ravi, regarda son nouvel ami partir en courant dans les allées, mêler sa merveille à celles des autres.

L'oiseau, cependant, fut remarqué. Le lendemain, on barra le chemin des allées un moment à tous ; la première épouse, l'impératrice mère et d'autres femmes avaient choisi de se divertir en allant du côté de la salle de jeux voir évoluer l'oiseau merveilleux.

Pendant la visite, Sandjor se retira et alla attendre sur un banc à l'écart, derrière une haie. Il ne voyait pas les femmes de là où il était, mais il entendait leurs rires. Curieux, il risqua un œil indiscret à travers la haie.

Au bout de quelques secondes, passa dans son champ de vision une femme à la silhouette élancée, qui marchait avec une sobre élégance. Elle semblait très jeune. « La première concubine », devina Sandjor, subjugué.

Son regard se fit si pesant qu'elle le sentit. Elle regarda dans sa direction, et sans doute l'aperçut-elle entre les branches, car elle cacha vivement son visage derrière son éventail et s'éclipsa.

Sandjor, un peu honteux, retourna travailler. Mais le lendemain, à l'heure de sa pause, la route lui fut encore barrée : la première concubine avait de nouveau souhaité venir jouer avec les enfants...

Il alla donc se poster sur son banc, et la première concubine ne manqua pas de passer. Sans éventail...

Le jour suivant, il revint à ce rendez-vous tacite. Or il fut servi par les événements : le grand oiseau était empêtré dans un arbre ! Tigre ombrageux vint le supplier :

– J'ai manœuvré trop près, et les gardes ne veulent pas grimper !

Sandjor éclata de rire et accepta d'aller jouer au singe. Il annonça sa présence en criant et les gardes, trop occupés par cette affaire de cerf-volant, le laissèrent passer comme un sauveur. La première concubine était invisible.

Il grimpa, détacha les fils avec attention, décoinça chaque oiseau fragile et, quand il eut tout en main, il regarda plus bas pour assurer sa descente. C'est alors qu'il eut un choc : de là où il était, il apercevait la salle de jeux. Or elle était là, à la fenêtre, et le regardait... Il ne l'avait jamais vue d'aussi près. Son cœur battit la chamade. Elle était d'une beauté saisissante. Leurs yeux se cherchèrent... Et le regard qu'ils échangèrent fut de ceux qui créent des mondes... Le temps s'arrêta. Puis elle lui sourit presque imperceptiblement, se recula doucement et disparut au fond de la salle.

Sandjor revint à lui, et à l'oiseau. Il appela Tigre ombrageux, le lui lança et dégringola de son perchoir.

Il n'était plus le même homme. La vision de ce visage l'habitait. Il se sentait fondre de douceur.

Il revoyait sans cesse ce sourire, si léger, sur l'ivoire transparent de sa peau... Il restait là, assis. Elle avait à peine souri, et pourtant ils étaient l'un à l'autre, il le savait, pour toujours...

Il attendit qu'elle vienne vers lui, qu'elle sorte de la salle de jeux des enfants. Il l'attendait. Et l'attente se fit insupportable...

## Sandjor ramasse un éventail

Mais elle ne vint pas... Il passa une nuit blanche, et le lendemain il retourna à la salle de jeux. Les allées étaient barrées ; elle était là...

Apaisé, il se réinstalla sur son petit banc.

Elle ne le fit pas attendre très longtemps. Elle longea la haie, sentit sa présence plus qu'elle ne regarda, et, furtivement, jeta son éventail dans sa direction, puis le dépassa d'un pas de promenade.

Il ramassa vivement ce cadeau et rentra chez lui fou de bonheur.

L'éventail était en papier huilé, lui aussi. Une scène était peinte sur chaque face. Persuadé que c'était un message, il l'examina de près : d'un côté, on voyait une jeune fille, dans le coin en bas à gauche, devant un mur étrange, troué de lézardes.

Une colombe avait fait son nid dans une sorte de pigeonnier, plus haut. La lune était pleine. De l'autre côté, un oiseau multicolore voletait au centre d'un paysage. Des falaises, apparemment ? Ce n'était pas clair, de même que le mur de l'autre face... Sur le côté droit, en bas de cette falaise, une lanterne était accrochée, bizarrement, dans une ombre en forme de voûte...

Qu'est-ce que cela voulait dire ?

Il chercha longtemps, se cassant la tête, jusqu'à la nuit. Épuisé, il se leva pour éclairer sa chambre, l'éventail à la main, et c'est alors qu'il vit : près de la lumière, le papier était translucide, comme celui du cerf-volant dans le soleil. Et voici : en transparence, les deux dessins se superposaient !

Alors la lanterne venait dans la main de la jeune fille, et l'oiseau dans le nid de la colombe ! Les lézardes et la falaise se conjuguaient ingénieusement pour dessiner la façade complète du palais, vue des jardins intérieurs ! L'ombre voûtée n'était autre que la petite porte de l'est, qui donnait sur le harem ! Et l'image montrait qu'une jeune fille semblait attendre là, une lanterne à la main...

Le message était clair. Il sortit regarder la lune. Elle serait pleine dans trois jours...

Il passa donc ce temps à travailler en rêvant d'elle, car même le mathématicien en lui était séduit : cette idée de superposition des deux images, quel ravissement ! quelle finesse !

Le troisième jour, prudent, il se résigna à brûler l'éventail, trop compromettant pour elle, et courut à son rendez-vous.

Effectivement, une jeune fille inconnue se trouvait dans le renfoncement de la porte, une lanterne à la main. Dès qu'elle le vit, elle porta un doigt à ses lèvres pour lui imposer le silence et lui fit signe de la suivre.

Et il la suivit, mais son cœur les précédait de quelques pas.

Ils s'engagèrent dans un long couloir, sur lequel s'ouvraient de nombreuses portes. Ils prirent à gauche et arrivèrent à une sorte de rond-point, où se rejoignaient en étoile d'innombrables allées. La servante se dirigea vers l'une d'elles, que rien ne distinguait de ses sœurs, et s'y enfonça. De couloir en couloir, ils obliquaient, tantôt à droite, tantôt à gauche, sans que Sandjor repère autre chose que des couloirs et des portes, et encore des couloirs, et encore des portes. Et tous les couloirs avaient la même allure, et toutes les portes la même apparence !

Tout à coup, ils se trouvèrent face à un escalier ; la servante lui fit signe qu'il fallait le gravir. À l'étage supérieur, le défilé des couloirs et des portes continua. Sandjor essaya bien de se repérer, mais tout se ressemblait tellement ! De plus, il eut l'impression fugace de revenir en arrière, et de refaire en sens inverse tout le chemin parcouru tout à l'heure, mais un étage plus haut. Quand un nouvel escalier se présenta et que la servante lui fit signe de descendre, Sandjor fut persuadé qu'elle s'était trompée et qu'ils allaient se retrouver tout près du rond-point.

Or il n'en fut rien. Au pied de l'escalier s'ouvrait une salle immense qu'il n'avait pas vue. Sandjor perdit alors tout sens de l'orientation et se laissa mener sans plus réfléchir. La servante, imperturbablement, traversa la salle et ouvrit encore une porte. Et ce fut le départ d'une nouvelle marche sinueuse, ponctuée de couloirs et de portes ! Sandjor les vit défiler et fut pris de vertige.

Car le harem était un labyrinthe !

Il comprit pourquoi l'empereur ne voulait pas le voir miniaturisé dans le palais archival ! Il admira sa prudence, mais s'affola de son esprit tortueux.

Plus ils avançaient, plus le chemin se compliquait. Il fallait faire des tours et des détours, revenir en arrière, descendre et monter pour redescendre encore. Il eut le tournis et ne lâcha pas d'une semelle la petite servante.

Enfin, elle s'arrêta devant une porte semblable à toutes les autres et frappa sans hésiter. La porte s'ouvrit et – ô merveille ! – ce fut pour lui rendre celle que la fenêtre lui avait volée. La servante le fit entrer rapidement et s'éclipsa.

La Dame de Beauté s'approcha de lui, lui prit le visage dans le velours de ses mains, et d'une voix que les oiseaux célestes devaient envier, murmura :

– Sache que je m'appelle Douce Aurore, que je suis la première concubine de l'empereur et qu'à m'aimer tu encours sa fureur... Si tu le désires, tu peux encore t'en retourner. Harmonie de Jade, ma servante, te raccompagnera, et moi, je ne t'en voudrai pas. Car si tu restes à mes côtés, c'est au risque de ta vie...

Elle le regarda, et il voulut bien mourir de mort violente pour rester dans ses bras, car s'en détacher aurait signifié la mort lente...

Cette nuit-là, Sandjor et Douce Aurore réinventèrent le monde, l'amour, et l'être humain. Ensemble, ils allèrent au bout de la volupté, et en goûtèrent l'éternité. Enfin, toujours enlacés, ils se laissèrent emporter par un profond sommeil.

Ils dormaient depuis quelque temps déjà quand ils furent réveillés en sursaut par Harmonie de Jade, qui fit irruption dans la chambre en hurlant, affolée, gesticulant en tous sens, hors d'haleine.

– Ô maîtresse ! L'empereur vient ! Il arrive ! Il va être là d'une seconde à l'autre ! Que Dieu nous protège ! Maîtresse ! Il faut faire vite ! Il a fait savoir que le désir de toi le tenait éveillé et qu'il arrivait ! Lève-toi, maîtresse ! Il faut tout faire disparaître !

Elle eut un regard oblique mais convaincant vers Sandjor... Puis elle retrouva ses esprits et son efficacité de première servante. Elle ouvrit la porte donnant sur une pièce attenante et lança un ordre. Un ballet de servantes envahit la chambre, effaçant en un clin d'œil les désordres de la nuit et disposant les plateaux et les coussins réservés à l'empereur.

Douce Aurore poussa Sandjor vers la porte et dit :

– Ô douceur de mon âme, dépêche-toi ! Sors ! Tu risques la mort ! L'empereur ne reste jamais plus d'un jour ou deux à mes côtés. Dès que je serai libre, je mettrai une bougie contre la fenêtre ronde, et tu sauras ainsi qu'Harmonie de Jade t'attend à la porte de l'est. Va maintenant ! Fuis au plus vite !

Sandjor se souvint du labyrinthe et se récria :

– Ô Douce Aurore, je vais me perdre ! Laisse au moins Harmonie de Jade me guider !

– Je ne peux pas. L'empereur est soupçonneux. Il vérifie toujours le nombre de mes servantes. Va, ce n'est pas si compliqué, tu t'en sortiras bien : tu es un homme de science !

Déjà, les servantes apportaient un grand bac d'eau pour que Douce Aurore prenne un bain rapide d'onguents.

Alors il l'embrassa une dernière fois et la laissa refermer la porte sur lui. Elle alla à sa toilette et voilà pour elle, pour l'instant.

Mais pour ce qui est de lui, voici : il était maintenant plongé dans le noir labyrinthe.

Et ce plongeon le fit couler dans l'océan de l'embarras. Il prit le temps de s'habituer à l'obscurité. Et lorsque le noir total ne fut plus qu'un gris ténébreux, il s'engouffra au plus vite dans le gosier du monstre.

Cependant, en vrai numérateur, il monta sur le cheval de la méthode.

## Sandjor perdu dans le Labyrinthe des Femmes

Il avança, avança, avança toujours, jusqu'à ce qu'il rencontre le spectre du doute : reculait-il ? Il en avait la forte impression. Du coup, il s'arrêta. Il se rendit compte qu'en plus de la route il avait perdu la notion du temps. Il sentait la fatigue l'envahir. Il avait donc dû marcher longtemps. Il était perdu. Irrémédiablement perdu dans le Labyrinthe des Femmes !

Il s'assit et, fatigué de se perdre avec ses jambes, il échafauda solution sur solution, jugea le pour et le contre, et finit par se perdre dans ses pensées.

Valait-il mieux hurler, ameuter toutes les femmes de l'empereur, ses gardes et ses eunuques ? Frapper doucement à une porte et s'en remettre à la pitié d'une seule femme ? Marcher encore au hasard ?

Comment Sandjor allait-il sortir de là ? »

Cette question frappa brutalement l'esprit de Tofaïr, qui, ne l'oubliez pas, était en train d'inventer cette histoire au fur et à mesure !

N'était-il pas allé trop loin ? Si vous égarez votre héros dans un labyrinthe, encore faut-il savoir comment vous l'en ferez sortir ! Il avait placé son « père » dans une impasse, et maintenant, sous l'œil interrogateur d'Al Razam, il avait trois secondes pour l'en faire sortir d'une manière plausible.

Tofaïr sentit le danger. Il n'avait plus le temps de chercher : il devait trouver. Alors, se faisant l'effet d'un auteur qui, vaincu par le temps, tombe dans le déshonneur des grossières ficelles, il choisit la solution la plus immédiate : il eut recours à Dieu...

« Sandjor s'en remit donc à Dieu, pria, et retrouva sa route.

Or, il arrive bien souvent que, lorsqu'on invente dans la hâte, le coup d'essai soit un coup de maître et que, derrière la prétendue ficelle, se cache une vérité profonde ! Car, enfin, suivez-moi bien. Que se passa-t-il réellement dans le cœur de Sandjor, une fois qu'il eut admis être véritablement perdu ?

Il fit face au désespoir. Devant lui : l'errance et le vide. Peut-être même la mort. À bien y réfléchir, la mort certaine, et dès six heures du matin. Car les femmes allaient le trouver là et le livrer. Ainsi, il allait mourir... Eh bien, soit.

Tout à coup, un grand calme se fit en lui. Il eut l'intuition que pour maintenir cette paix, il devait ne plus penser à rien. Alors il fixa son attention sur une prière.

Bientôt, la force de sa concentration devint telle que son âme s'exalta et qu'il éprouva le besoin de bouger ; il se leva et marcha, sans plus chercher, au rythme de sa prière. Plus il marchait, plus grand était son calme, plus forte sa concentration, plus sublime sa prière. Il ferma les yeux et se noya dans l'infini du monde...

Un rayon de lumière le fit revenir sur terre en lui frappant les paupières. Il ouvrit les yeux et vit que Dieu est grand. Car il était encore dans un couloir, mais au bout de ce couloir apparaissait la lumière : la lumière du jour naissant, illuminant la petite porte de l'est...

Alors il sortit dans le jardin intérieur du palais et, toujours dirigé vers l'est, se prosterna pour la prière du matin. Et sa prière fut un hymne et un remerciement.

## Douce Aurore et la jalousie de l'empereur de Chine

Revenons légèrement en arrière, chez Douce Aurore. La chambre, un moment en effervescence, revint rapidement au calme. Lorsque l'empereur frappa, Douce Aurore finissait de passer du khôl sur son œil gauche pendant qu'Harmonie de Jade accrochait sa boucle d'oreille droite.

Lorsqu'il entra, elle était prête et semblait assise depuis longtemps sur le sofa de l'attente amoureuse.

L'empereur se laissa charmer et se fit pressant. Ses mains retrouvèrent avec gourmandise le chemin des caresses habituelles, comme on retrouve des pistes anciennes, tant aimées et tant parcourues ; bien qu'invisibles, elles étaient comme inscrites sur le corps de Douce Aurore.

*Or voilà qu'on lui avait brouillé ses pistes !* Il ne sentait pas sa main couler comme d'habitude, facilement, comme appelée par la halte suivante. Tout avait été piétiné, saccagé, dévasté ! Il n'y avait plus de route, ou, du moins, son tracé était méconnaissable. Comme si on l'avait "gribouillé"! Il y avait des appels nouveaux, des sensibilités inconnues, des frissons imprévus !

L'empereur en fut persuadé : seule une main étrangère avait pu causer un tel désordre dans ses promenades sacrées !

Ses pensées s'engouffrèrent au galop sur la piste aride de l'imagination douloureuse, soulevant derrière elles un nuage rouge de colère et de rage. Une jalousie morbide s'empara de lui.

Mais l'empereur était chinois. Il ne dit donc rien, ne laissa rien deviner ni transparaître. Sa jalousie, emprisonnée comme une mouche sous un verre, chercha vainement une issue.

Or, il y a une règle universelle et générale, défiant le temps : quand on enferme la jalousie d'un homme comme une mouche dans un bocal, elle finit par sécréter une substance. Et cette substance a pour nom Vengeance...

Plus la jalousie est forte, plus la vengeance est terrible.

Plus la jalousie est discrète, plus la vengeance est fatale...

L'empereur dissimula avec un sang-froid inquiétant. Pendant toute la nuit, il conserva vis-à-vis de Douce Aurore son attitude d'amant empressé. Mais pendant toute la nuit, derrière ce visage s'échafaudait la pire des vengeances.

Lorsqu'au matin l'empereur regagna la salle du trône, il avait conçu un plan diabolique mais prudent.

Il appela un de ses ministres et demanda :

– Connais-tu un bon orfèvre ?

– On dit en ville que le meilleur des orfèvres est un étranger arrivé depuis peu. On l'a surnommé l'Étranger Expert, et il surpasse déjà les meilleurs.

– Fais-le appeler. »

## Bref retour chez Al Razam
## Tofaïr joue et gagne

Tofaïr s'arrêta un instant et regarda Al Razam avec le sourire extatique et l'assurance malicieuse que procure au menteur de talent l'approche du risque. Lui qui mentait allait raconter à cet homme sans humour sa propre histoire, pour prouver la vérité de ses mensonges !

Il poursuivit :

– Ai-je besoin de te rappeler la suite ? Tu fus convoqué, et l'empereur te donna quinze jours pour façonner cette fameuse bague, merveille de l'art, à la fois bijou et boussole. Comme tu le verras, il ne laissa rien au hasard, et son coup de génie fut justement d'exiger cette étrangeté si difficile à réaliser : qu'elle indique l'est ! L'est, et non une autre direction... Car son plan était terrible et tortueux.

Or, comme tu me le racontais tout à l'heure, si la bague causa un drame, toi, tu n'as jamais su lequel, puisque tu as dû fuir au plus vite. Et voilà que tu me rencontres, moi, le seul à connaître toute la vérité sur cette affaire. Car seul mon père détenait tous les éléments pour comprendre... Tu reconnaîtras que les voies de la destinée sont impénétrables et qu'elles te favorisent ! Ce n'est pas à tous qu'elles dévoilent ce qui est caché !...

Al Razam rougit sous la flatterie et n'eut plus l'idée de mettre en doute une coïncidence si merveilleuse.

Tofaïr reprit en toute sécurité :

– Ainsi, sans plus te faire attendre, je vais te raconter non seulement ce qui se passa au palais, pendant que toi, tu étais courbé sur ton établi à fabriquer l'adorable merveille, mais encore le plus important, ce qui se passa après que tu eus remis la bague à l'empereur.

Tofaïr, en un coup d'œil discret, remarqua que le poisson avait mordu à l'hameçon : les yeux du Guèbre brillaient de curiosité. Alors il s'installa dans son récit avec une aisance nouvelle.

## Douce Aurore ne voit pas le danger

Détachant tous ses mots comme pour signifier qu'il dévoilait une des clés de l'énigme, il raconta que l'empereur, pendant les quinze jours où il dut attendre la bague, passa toutes ses soirées sans exception auprès de Douce Aurore, suivant en cela son plan diabolique. Si donc Douce Aurore avait bel et bien un amant, eh bien, tous deux aussi devraient patienter quinze jours !

« Cependant, il restait encore un doute dans l'esprit de l'empereur : Douce Aurore pouvait très bien rencontrer son amant l'après-midi ! Il s'agissait d'éviter cela, finement et discrètement. Il eut alors l'idée d'envoyer tous les jours en pleine après-midi, à une heure toujours différente et imprévisible, un messager, toujours porteur du même message : "Ô ma gracieuse, prépare-toi à me recevoir ce soir, car mon cœur se meurt loin de toi."

Ainsi, Douce Aurore eut les mains liées, s'attendant en permanence à l'intrusion de celui qu'Harmonie de Jade appelait déjà "l'œil de l'empereur".

Pourtant, malgré les mises en garde de sa servante, Douce Aurore se laissa totalement duper. Souvent les cœurs amoureux sont aveugles au danger. Harmonie de Jade s'en inquiéta et tenta désespérément de faire sortir sa maîtresse de son aveuglement. Mais la douceur de son nouvel amour pour Sandjor imprégnait tellement Douce Aurore qu'elle regardait le monde et les êtres avec une confiance naïve.

– Tu réagis en coupable ! dit-elle un jour à sa servante. À force de t'inquiéter et de suspecter, tu vas finir par attirer vraiment l'attention de l'empereur ! Reste calme, ou tu nous perdras ! Je n'ai vu Sandjor que quelques heures, et l'empereur ne se doute de rien. Il est tout à sa passion pour moi !

– Justement, ô maîtresse ! Cette passion soudaine ne m'inspire pas confiance ! Qu'est-ce qui lui prend de venir si régulièrement, lui qu'on ne voyait que de temps en temps ?

– Cesse ! Prépare plutôt le thé !

– J'écoute et j'obéis, bougonna Harmonie de Jade avec une moue exprimant la vanité de toute parole supplémentaire.

Les jours passèrent. Douce Aurore eut de plus en plus de mal à faire bonne figure à l'empereur. Car un feu ardent s'élevait en elle, que chaque heure vivifiait et que seul Sandjor aurait pu calmer.

Enfin arriva le quinzième jour, la bague fut livrée et l'orfèvre couvert d'or, il n'est nul besoin de le rappeler. Dès que l'empereur fut en possession de la merveille, il se précipita chez sa favorite. Son excitation était telle qu'il ne prit même pas le temps de se faire annoncer. Il la trouva dans son bain, entourée de ses femmes, mêlant les éclats de rire aux éclats d'eau...

Il s'attendrit un moment devant la fraîcheur de ce spectacle, ce qui lui permit de jouer le rôle projeté avec d'autant plus de vérité.

Douce Aurore vint à lui, enveloppée dans une serviette, l'œil interrogatif. Alors, il débita ce qui avait tout l'air d'un discours préparé :

– Ô délice de mon âme, sache que mon cœur s'est réjoui en ta présence pendant ces quinze jours, à tel point que tu fus comme un baume sur mes soucis royaux ! Aussi ai-je été pris du désir de t'offrir un présent digne de ton amour pour moi... Tu t'appelles à juste titre Douce Aurore ; j'ai donc conçu mon cadeau comme un hymne à ton nom ! Regarde cette bague : elle indique toujours l'est !

Il souleva le chaton de lapis-lazuli pour mettre en marche la boîte à musique, et lui montra l'oiseau qui évoluait, et s'arrêtait, le bec pointant vers l'est, à la fin de la mélodie. Il le fit fonctionner plusieurs fois, pour qu'elle remarque que même si on pointait la bague vers le nord, l'oiseau tournait sur lui-même, pour se repositionner imperturbablement vers l'est. Il la laissa s'extasier sur la finesse inouïe du travail, liant l'horlogerie et la boussole. Il s'amusa de son émerveillement ; ils écoutèrent ensemble le délicieux chant de l'oiseau d'or ; ils admirèrent ensemble le rubis de ses yeux ; ils rirent ensemble de son itinéraire si minuscule. Elle trouva la bague absolument adorable, mignonne comme un cœur et précieuse comme la prunelle de ses yeux. Elle fut touchée de cette attention de l'empereur, si pleine de tendresse, si poétique !

Mais il ne lui laissa le bijou entre les mains que lorsqu'il fut bien certain qu'elle en avait compris le fonctionnement...

Alors seulement, il se dirigea vers la porte, avec sur les lèvres un sourire de satisfaction dont nul n'aurait pu deviner la raison profonde et, l'ayant déjà entrouverte, glissa négligemment :

– Ô Douceur, hélas, les affaires de l'État m'appellent, et je ne pourrai pas venir te rejoindre ce soir, comme les autres soirs. J'en ai le cœur tout serré...

Et il sortit, laissant agir son piège inéluctable. Car maintenant, il suffisait d'attendre...

## Sandjor piégé !

Douce Aurore se tourna vers sa servante. Elle rayonnait : la bague était belle, et plus belle encore la nouvelle ! Il fallait qu'elle se prépare. Elle s'inquiéta. Et s'il ne venait pas ? Et s'il s'était lassé, ou désespéré ?

Harmonie de Jade s'efforça en vain de la rassurer. Elle la massa avec art pour la détendre, mais Douce Aurore resta fébrile jusqu'au soir. À l'heure convenue, Harmonie de Jade prit sa lanterne et se rendit à la petite porte de l'est.

Sandjor était là... Elle sourit, heureuse pour sa maîtresse : il était constant, et ces quinze jours d'attente semblaient avoir renforcé son amour.

En chemin, il se plaignit à voix basse d'avoir été si longtemps abandonné, et la jeune fille en profita pour lui en exposer les causes et l'informer de son inquiétude. Mais, tout à sa joie, il ne crut pas au danger.

Douce Aurore l'attendait devant sa porte, faisant fi de toute prudence. Alors il courut, l'enlaça...

Un peu plus tard dans la soirée, alors qu'ils étaient tout baignés de tendresse, la parole reprit ses droits : il raconta l'angoisse du labyrinthe, l'aide de Dieu, son insupportable attente et ses insomnies. Elle raconta la présence incessante de l'empereur. Ils admirèrent la bague et jouèrent avec.

Pendant ce temps, Harmonie de Jade resta sur ses gardes. Elle s'installa, sentinelle fidèle, à la porte des appartements : elle avait des pressentiments...

C'est donc sans aucune surprise qu'elle vit arriver le fatidique "œil de l'empereur", qui débita son éternel message et s'en fut.

Elle rentra dans la chambre. Il y régnait une atmosphère de douceur infinie qu'elle désira ne pas briser. Il ne fallait pas crier, ni s'affoler, simplement prévenir avec délicatesse.

Elle s'approcha de sa maîtresse et lui caressa les cheveux, sans rien dire. Douce Aurore se tourna vers elle, intriguée par ce geste, vit la tristesse de sa servante et comprit.

– L'empereur vient ?

– Hélas oui, ô maîtresse ! C'est "l'œil" qui m'a annoncé cette calamité à l'instant...

Sandjor savait ce qu'il avait à faire. Il se leva lestement et s'habilla en silence. Tout recommença, en beaucoup plus triste. On s'habilla, on rangea, on se prépara...

À la porte, Sandjor dit gravement :

– Celui qui tombe dans un gouffre, Dieu l'en tire. Mais s'il n'a pas appris à l'éviter et qu'il y tombe une seconde fois...

Il ne termina pas sa phrase, soupira et reprit :

– Ô mon aimée, je n'en sortirai pas vivant... Adieu, ma douce, ma colombe !

Elle le regarda, consternée. Il avait raison. Le labyrinthe était inextricable. Elle ne l'avait pas assez compris parce qu'elle y avait toujours vécu...

Pensive, elle imaginait le pire ; puis, tout à coup, elle sursauta sous le choc d'une idée fulgurante : la bague ! La bague indiquait l'est ! Or la petite porte du harem était à l'est !

– Si tu prenais la bague, saurais-tu te repérer ?

– Bien sûr ! La bague ferait office de boussole, en quelque sorte ! Quelle idée lumineuse !

Elle l'ôta de son doigt et la lui donna. Il la reçut comme un gage d'amour autant que comme un talisman qui pouvait le sauver, et s'enfuit dans le labyrinthe.

La bague tint ses promesses et guida Sandjor à travers les nœuds du labyrinthe. Il allait vite et se repérait au-delà de ses espérances. Il lui suffisait de compter les détours qui l'éloignaient de l'est et retenir leur orientation, pour ensuite rétablir sa direction générale dès que c'était possible. Il resta donc parfaitement maître de la situation, et finit par aboutir à l'entrée du dernier couloir, celui qui se terminait par la petite porte. Il la vit de loin et sourit, mi-triomphant mi-rassuré : tout s'était passé sans encombre.

D'un pas ferme et tranquille, il allait franchir les derniers mètres qui le séparaient de la sortie...

Or, postés devant l'entrée, il y avait quinze gardes en armes... Quinze gardes en armes qui l'attendaient...

C'était la clôture du piège, l'issue du guet-apens !

Il resta stupéfait, les jambes coupées. Il fut immédiatement entouré et saisi sans ménagement. On l'entraîna, pieds et poings liés, et on le jeta dans un cul de basse-fosse.

## Les « Quatre vies des Princes »

Au matin, on vint le chercher, on le conduisit jusqu'au palais, dans la salle du trône, et on le projeta violemment au sol. Un silence de mort planait dans la pièce. Les ministres attendaient la tombée de l'arrêt de mort ; les archivistes avaient du mal à cacher leur chagrin.

– Tu as souillé l'hospitalité qui t'était offerte, étranger, dit l'empereur d'un ton éteint, plus terrifiant que s'il avait fait montre de violence. En conséquence, tu seras exécuté immédiatement en place publique. Quant à la femme, le bourreau fera son office à la suite...

La voix de l'empereur se brisa. Il allait tuer la femme qu'il aimait !

À l'annonce de la mort prochaine de Douce Aurore, Sandjor s'effondra...

Le silence s'alourdit encore. Les deux hommes, l'un sur le trône, l'autre prostré à terre, saignaient de la même blessure.

L'empereur fit un signe, et les gardes s'approchèrent de Sandjor pour l'emmener. C'est alors que Tigre ombrageux sortit du coin où il se tenait avec ses frères aînés, tout près des maîtres archivistes, et osa s'avancer seul, traversant l'immense salle du trône, pour aller se prosterner devant son père.

Tous retinrent leur souffle. L'enfant, qui n'avait que six ans, avait trouvé le courage d'affronter son père en un tel moment. Il portait bien son nom. Dès que l'empereur l'eut autorisé à parler, il récita :

– Père, de par le droit qu'ont tes fils de racheter quatre vies, je demande la grâce de cet étranger.

C'était la formule consacrée, débitée au mot près, d'une très vieille et très désuète coutume, dite des “Quatre vies des princes”. Sans aucun doute, les archivistes, partageant le désespoir de l'enfant, lui avaient soufflé la phrase...

L'empereur devint blanc.

– Tu as su gagner l'amitié de Tigre ombrageux, étranger, dit-il d'une voix glaciale. Cela te sauve la vie... Archivistes ! Notez que cet homme quitte la ville sur l'heure !

Un murmure heureux se propagea, comme un soupir collectif. Mais l'empereur restait muet de douleur. Alors son fils aîné, le prince héritier, lui aussi encouragé d'un regard par les maîtres archivistes, s'approcha à son tour et déclara :

– Père, de par le droit qu'ont tes fils de racheter quatre vies, je demande la grâce de Douce Aurore.

L'empereur le regarda. Ses yeux exprimèrent une reconnaissance sans limites. Mais il resta protocolaire et énonça :

– Elle t'est accordée. Archivistes ! Que cela soit noté dans les archives des princes, que ces deux-ci ont utilisé chacun une des quatre vies des princes !

Puis il leva la séance. Tous apprécièrent le courage et l'amour des fils de l'empereur, et s'en réjouirent pour l'avenir du royaume.

C'est ainsi que les imprudents furent sauvés. Cependant ils furent séparés à jamais. Sans doute Douce Aurore entra, au moins pour un temps, dans un couvent... Sans doute... En tout cas, mon père dut partir sur-le-champ, tout comme toi, ô Al Razam ! Mais il garda la bague, que personne n'eut l'idée de lui réclamer. Et partir lui ravagea le cœur...

Il garda la bague. Que faire d'autre ? Il rentra à Bagdad, dans son pays.

Avec le temps, il sut aimer de nouveau, mais pas de la même manière. Il épousa ma mère, il eut des enfants. Pourtant, aussi loin que je me souvienne, dit Tofaïr, une part de lui n'était pas là, pas vraiment là. Il n'en parlait jamais. Il savait rire, chanter et jouer, mais parfois il partait dans une rêverie, et son visage se transfigurait. Dans ces moments, il me semblait ne pas le connaître... Il vieillit rapidement.

Il garda son secret jusqu'à sa dernière heure. Au moment de mourir, il me fit appeler et me raconta en détail tout ce que je viens de te relater. Son émotion était intense.

Enfin, lorsqu'il eut terminé, à bout de souffle, il attrapa ma main et y passa la bague. Il trouva l'énergie nécessaire pour articuler chaque mot, sur un ton à la fois si solennel et si profondément vivant que je ne l'oublierai jamais :

– Prends cette bague, ô mon fils, et conserve-la en souvenir de moi. Car elle est pour moi la chose la plus précieuse et la plus douloureuse au monde.

Il mourut ces mots-là sur ses lèvres. Et moi, je jurai. Et tu sais bien, ô Al Razam, que les serments qu'on fait à un mourant sont sacrés. Voilà pourquoi je ne puis en aucun cas me défaire de cette bague pour te la donner. »

## Retour chez Al Razam
## Tofaïr se fait duper

Al Razam réprima un mouvement d'impatience et regarda Tofaïr à sa façon, un œil fermé et un œil ouvert. Et l'œil ouvert laissait paraître un respect des serments sacrés et un renoncement des plus généreux. Pourtant, l'œil fermé cachait une lueur de perfidie des plus noires...

Mais Tofaïr ne la vit pas, puisque l'œil était fermé... Et il ne se méfia pas.

Or il aurait dû se méfier. Car Al Razam se leva et prit un ton très aimable pour dire :

– Je comprends, je comprends. N'en parlons plus ! Passons donc le reste de la soirée à deviser agréablement. Tu as la bouche parfumée, et j'aimerais que tu me fasses l'honneur de passer cette nuit sous mon toit !

Tofaïr, qui ne savait pas où aller, accepta de bon cœur et trouva même qu'Al Razam était un hôte très agréable. Ô aveuglement ! Pourtant tout aurait paru suspect à quelqu'un d'avisé : le Guèbre avait cédé trop vite ! Quand on cherche à posséder une bague depuis trente ans, on ne renonce pas à sa quête simplement parce qu'on se heurte à un scrupule sentimental ! Allons donc ! Et puis, on n'invite pas chez soi quelqu'un avec qui on est en lutte ouverte ! Et puis, quand on est un sorcier, on ne peut avoir dans l'œil cette douceur angélique !

Tofaïr aurait dû se méfier lorsqu'il vit Al Razam saisir le plateau des boissons enivrantes qui venait d'arriver, et le poser sur une console un peu à l'écart du sofa où lui, Tofaïr, était assis.

Il aurait dû se méfier lorsqu'il vit Al Razam remplir deux verres. Surtout lorsque la manche de l'habit si large d'Al Razam cacha un des verres à ses yeux. Il aurait dû tout à fait se méfier, car Al Razam ouvrit le chaton d'une de ses multiples bagues de sorcier et fit glisser un produit très suspect dans le verre dissimulé. Mais le plus impardonnable, c'est qu'il ne se fût pas méfié de cet air de parfaite innocence qui planait sur le visage du Guèbre quand ce dernier revint vers lui, le verre tendu dans un geste généreux !

Or non seulement l'ombre d'une idée de méfiance ne l'effleura même pas, mais, en plus, il se délectait nonchalamment d'un loukoum à la pistache ! Et il semblait réjoui ; et il se léchait les doigts !

Mais qu'est-ce qui lui avait pris, me direz-vous ? Lui d'habitude si fin, si intuitif, à l'esprit toujours en éveil ?

Eh bien, il lui arrivait la chose la plus naturelle du monde : il aimait son père ! Il était fier de lui. On ne saurait trop dire s'il était fier de ce personnage si touchant, ou de lui-même, qui avait su l'inventer, ou encore s'il était fier d'avoir eu un tel père. Car pour l'instant, et pendant encore quelques heures, il faisait corps avec son invention. Son esprit oscillait tel un balancier entre le rêve et la réalité. Si bien qu'au moment où il aurait eu besoin de toute son acuité, Tofaïr aimait son père, voilà !

L'esprit planant dans les limbes entre la Chine et Bagdad, vous comprendrez aisément qu'il eût pu se faire duper à Chiraz ! Car seuls les pieds de Tofaïr se trouvaient à Chiraz.

Pourtant, il revint une seconde à la réalité, mais ce fut pour dire à son hôte (un récit en appelle un autre) :

– Tu aurais dû lui demander pourquoi sa main était blanche...

– Pourquoi donc ? se renfrogna Al Razam en lui tendant le verre fatal.

– Eh bien, parce qu'ainsi j'aurais su le fin mot de l'histoire ! Tandis que, maintenant, je ne le saurai jamais ! Tu m'as donné une histoire trouée, ô Al Razam !

Et il but.

Al Razam éclata d'un rire dissonant : ayant commencé par un ricanement devant tant d'innocente candeur, il finit en rugissant de triomphe vingt secondes plus tard, quand Tofaïr tomba comme une masse.

# Le mystère de Chiraz

Or le liquide suspect versé sournoisement dans le verre fatidique n'était autre que du benjoin, somnifère puissant, vulgairement appelé « bang », en raison du bruit que fait tout corps s'écroulant vingt secondes après son absorption...

Et Tofaïr se réveilla par terre, sur la place centrale de Chiraz, dans la poussière, au milieu des caisses, des ânes et des chameaux, mais surtout – vous l'auriez deviné – sans la bague !

Ainsi il s'était fait posséder comme un débutant ! Il se laissa emporter par la colère noire de la vexation. Cette bague qu'il aimait, qu'il avait réussi à sauver une première fois de l'avidité du Rapide, il n'allait tout de même pas l'abandonner entre les mains de ce malfaisant ! Cet intrigant ! Cet ambitieux ! Cette rognure d'ongles ! Cet Al Razam ! Comme à ces derniers mots il avait atteint le sommet de l'insulte, il se calma un peu.

Il toucha sa main nue, et s'attrista : la bague lui manquait déjà... Penser à elle comme à une arme dangereuse lui faisait bizarre... Il l'aimait tellement ! Elle lui allait si bien ! Ils se ressemblaient tant ! Même grâce, même raffinement léger, même manière de faire son petit tour, de séduire tout le monde et de s'en aller ! Deux oiseaux moqueurs en quelque sorte...

Maintenant, son absence lui brûlait le doigt.

En fait, il se sentait étrangement responsable de cette bague. Il pensait que ce n'était pas pour rien que le hasard l'avait mise entre ses mains, dans l'entrepôt des parasites, et qu'il ne devait pas l'abandonner à un tel homme !

Mais il réfléchit un instant. Le hasard avait fait la rencontre, oui ; mais c'était bien lui qui l'avait volée. Au fait, pourquoi ?

Il s'attarda un peu sur cette question. Il revécut cet instant en pensée. Elle l'avait séduit, charmé, et il l'avait glissée dans sa poche... Qu'est-ce qui lui avait pris? Il n'était pas un voleur!... Et le fait de l'avoir volée le rendait-il responsable d'elle?

Tofaïr n'avait jamais réfléchi aussi profondément de toute sa vie. Il revit tout son voyage. Il se souvint comment il l'avait gardée sur lui sans cesse, jour et nuit. Comment il avait réussi à traverser le désert, faire face au Rapide, passer une nuit chez les Buveurs de sang, c'est-à-dire chez des hommes qui tuaient pour des richesses! Et pourtant, il avait réussi à la conserver! Avec le recul, il comprit combien c'était miraculeux.

Il réfléchit plus profondément encore; se rappela l'effet de la bague sur les brutes: cet émerveillement d'enfant qui les avait saisis... Du fond de son cœur monta alors cette certitude: *la bague se protège elle-même* !

Pourtant, le Guèbre la lui avait enlevée... Alors?

Il resta un moment silencieux, au milieu du bruit de la ville, qu'il n'entendait plus: il méditait.

Le Guèbre avait créé cette bague... Elle était fille de sa fantaisie. Soudain, le doute le prit: et si lui, Tofaïr, se trompait, volant au Guèbre quelque chose qui lui revenait de droit?

Un moment passa. Tofaïr continuait à réfléchir intensément. Son cœur lui disait qu'il était juste de vouloir la récupérer. Mais il ne savait pas pourquoi. Il fallait qu'il le sache : il ne voulait pas léser le Guèbre. Tofaïr admit qu'il était lui-même très attaché à cette bague. Mais si c'était sa seule raison pour la récupérer, cela n'allait pas.

Mais non... Il y avait autre chose. Il le savait !

Et, tout à coup, un éclair traversa son esprit : *cette bague n'appartenait pas au Guèbre !* Elle le dépassait ! En effet, l'idée d'unir les deux mouvements n'était pas venue de lui, mais de l'empereur de Chine, et Ibrahim l'avait aidé à la réaliser. Quand le Guèbre l'avait construite, il avait ajouté les signes qu'enseignait Ibrahim, sans même le faire exprès, ni savoir ce qu'il faisait ! Et quand il avait su qu'elle était puissante, il s'en était attribué la propriété : mais c'était faux !

Tofaïr avait trouvé là quelque chose de vrai, compris quelque chose d'important !

Il se calma. Alors surgit du fond de son cœur une autre vérité, très claire et très pure : cette bague n'appartenait ni au Guèbre, ni à lui, Tofaïr... *Elle croisait leurs chemins. C'est tout.*

Tofaïr se sentit en paix. Humblement, il vit tout ce qui le dépassait lui-même. Il ne savait pas bien pourquoi il l'avait volée ; il l'avait portée si longtemps sans avoir conscience de ces fameuses forces obscures et dangereuses, il ne lui semblait pas les avoir perçues.

Tout était sans doute différent de ce qu'il avait pensé. Il eut l'intuition d'un ordre plus vaste qui existait, où tout avait sa place et son sens. Pour l'instant, il ne voyait rien d'autre à faire de juste que de suivre son propre cœur, qui lui soufflait de récupérer la bague.

Il sortit de sa méditation, la première de sa jeune vie, et entendit de nouveau les bruits de la ville autour de lui. Il se leva, s'épousseta et chercha à se ressaisir et se sustenter.

Ensuite, très déterminé, il mit en branle un plan très simple : retrouver la maison du Guèbre, entrer, reprendre la bague.

## Tofaïr perdu dans le labyrinthe de Chiraz !

Or la première partie du plan – retrouver la maison du Guèbre – se révéla être une tâche plus difficile qu'il ne l'avait imaginé.

Tofaïr avait pourtant bien commencé : il s'était dirigé d'un pas décidé vers la première rue qui se présentait à lui, avec la ferme intention de fouiller la ville entière si nécessaire.

Or souvenez-vous : il s'était déjà perdu une fois dans Chiraz, le jour de son arrivée, quand il avait fui devant Al Razam, qui surgissait à chaque carrefour. Puis le Guèbre l'avait guidé jusqu'à sa demeure en lui faisant faire d'innombrables détours, dans le but évident de l'égarer.

Il prit conscience de l'étirement du temps lorsqu'il se retrouva, comme la veille, totalement perdu dans cette ville inconnue. Et il en fut indigné : en citadin notoire, amoureux des villes, il ne pouvait concevoir que l'une d'entre elles lui résistât !

Il passa la journée entière à errer dans un dédale inextricable. Il ne reconnaissait rien, et il ne retrouva même pas une rue ou un bout de rue de son itinéraire de la veille. Plus il avançait, plus son visage s'allongeait.

Au bout de quelques heures de marche vagabonde, il s'assit, démoralisé, perdu... Et, tout à coup, un souvenir le frappa : Sandjor dans le labyrinthe ! Sans aucun doute, sa course d'hier dans le dédale de Chiraz lui avait inspiré le Labyrinthe des Femmes. Et voilà qu'il ressemblait à son « père » ! Il éclata d'un rire franc.

Pendant une heure, il admira le merveilleux fonctionnement de l'esprit, ce qui lui permit de se reposer les jambes. Et, ayant retrouvé son sens de l'humour, il se réjouit infiniment que son labyrinthe à lui ne soit pas un harem aux mille allées obscures, mais une ville grouillante de monde, où l'on pouvait demander son chemin à tous les carrefours.

Il se leva, demanda, marcha, redemanda et se retrouva sur la place centrale d'où il était parti le matin. Or, comme maintenant le soir tombait, il s'enquit du khan des étrangers et alla s'installer.

Car il s'installait. Il mettrait le temps qu'il faudrait, mais il retrouverait cette maison, dût-il passer la ville au crible !

## Tofaïr traque la maison du Guèbre

Les jours qui suivirent, il s'adonna à une exploration systématique de Chiraz. Au bout d'un mois de vaines recherches, Tofaïr crut être le jouet des djinns : une maison ne peut tout de même pas disparaître ainsi ! Or il avait fouillé les moindres ruelles et avait poussé l'indiscrétion jusqu'à entrer dans les cours privées des maisons. On ne pouvait faire plus ! Et rien ! toujours rien ! C'était incompréhensible !

Or, plus la maison du Guèbre se dérobait à lui, plus sa curiosité était attisée. Son imagination l'entraîna aux frontières de l'impensable : et s'il y avait là un mystère inouï, un secret inconcevable ? L'homme était sorcier : tout était possible ! La maison pouvait être ensorcelée, et la ville une complice à son service ! Et si, par exemple, elle ne cachait la maison qu'à ses yeux à lui, Tofaïr ? Et si la maison pouvait changer de place ? Ou devenir transparente dès qu'il passait devant ? Ou s'élever dans les airs ? Ou s'enfoncer dans le sol ? Sans aucun doute, on se moquait de lui ! C'était un défi !

Il allait le relever ! Il était joueur dans l'âme. Avec une vigueur inépuisable, il s'acharna donc comme il ne s'était jamais acharné. Plus têtu qu'un âne, plus tenace qu'une mauvaise herbe, il arpenta les rues de Chiraz, inlassablement, avec une patience effrayante, le front buté. Et ce fut la première fois dans l'histoire de l'humanité qu'un chasseur traqua une maison au lieu d'un gibier...

Au bout de trois mois de recherches effrénées, il connaissait la ville par cœur, jusqu'au moindre caillou, jusqu'à la moindre inégalité du pavé ; il pouvait la parcourir les yeux fermés ; il en connaissait les habitants, les habitudes et les mendiants ; il détenait tous les secrets des souks et des bonnes maisons ; il avait gagné l'amitié de tous les personnages dont il était agréable d'obtenir l'amitié ; enfin, retrouvant en cela les talents de son enfance, il était devenu guide pour augmenter son pécule et pouvait maintenant, mieux qu'un autochtone, diriger les étrangers vers les recoins du souk ou les fonds d'arrière-boutiques. Oui, il savait et pouvait tout cela, *mais il n'avait toujours pas retrouvé la maison d'Al Razam le Guèbre !*

## Tofaïr vit la fin de son enfance

Le khan des étrangers dans lequel il s'était installé au début de sa quête lui rappelait celui où il était né. Il était très agréable, avec ses pierres et ses bancs disposés à l'ombre d'une grande cour. Il y avait pris une chambre, qu'il payait grâce à son travail de messager.

Un jour, il se reposait à l'ombre, soufflant entre deux courses. Il observait les gens qui s'affairaient en tous sens, les gamins qui furetaient partout, et se rappelait avec plaisir des souvenirs. Alors, il vit venir vers lui un gosse à l'air très éveillé, tel que lui-même avait dû être quand il était petit, et qui l'interpella :

– Ô étranger, es-tu de ceux que l'aventure a ruinés, pour courir ainsi tout en restant sur place ?

Tofaïr éclata de rire. Il se revit poser la même question !

– Bien vu, petit !... Et toi, tu ne peux qu'être né ici, au khan !

– Bien vu, ô étranger !... Et comment a-t-elle fait, l'aventure, pour te ruiner ?

Et Tofaïr se retrouva en train de raconter son histoire, incluant les histoires qu'il avait inventées...

Alors il sut qu'il avait grandi, qu'une boucle s'était bouclée et qu'un cycle s'était achevé ici, à Chiraz... Et il trouva remarquable que son destin ait choisi justement le moment où il renouait avec son métier d'enfant pour lui signifier la mort de son enfance...

– Dis, tu me la montreras, la bague de ton « père » ?

– Encore faut-il que je la récupère...

La bague. La maison du Guèbre. La quête continuait, malgré le quotidien. Dans les rues de Chiraz, son œil restait à l'affût. Il portait l'absence de bague à son doigt, aussi sûrement qu'il avait porté la bague elle-même. Il appelait cela le sceau d'une absence, car il se sentait lié à elle, comme s'il avait signé la promesse, d'un cœur de prince, de ne pas quitter Chiraz tant qu'il ne l'aurait pas retrouvée.

Depuis qu'elle avait été à son doigt, elle avait transformé sa vie et, depuis qu'il l'avait perdue, il en prenait conscience. Il découvrait en lui une fierté qu'il n'avait pas connue avant, quand il était parasite, à Bagdad. Il l'avait mise à son doigt, et quelques heures plus tard, il était embarqué dans l'aventure ! Au cours de son voyage, il avait rencontré la mort, la peur, et avait découvert son courage et son inventivité. Aujourd'hui, il mesurait sa loyauté, sa ténacité, et cela lui plaisait.

Il se savait en route, même s'il ne savait pas vers où. Il remercia la bague en pensée, et pria pour la retrouver vite.

## Tofaïr et le Véreux

Un jour que Tofaïr revenait d'une de ces boutiques à l'arrière plus intéressant que l'avant, il fut interpellé à la porte du khan par un homme ventru. Ses mains moites et molles pianotaient de satisfaction, posées sur sa royale ventripotence, à la hauteur de la ceinture. Son front huileux suintait, son sourire grimaçant était comme une fenêtre aérant inutilement ses chicots jaunis, dont l'haleine putride prévenait qu'on avait affaire à un véreux. Son œil luisant de convoitise était comme une hublot globuleux ouvrant sur la noirceur de son âme.

Tofaïr n'eut aucun mal à reconnaître en lui un marchand marron, expert en affaires louches et lucratives.

Haletant sous le soleil et viciant l'air par des bouffées d'ail rance, le véreux le héla :

– Hé ! toi, là-bas ! Veux-tu gagner cent dinars ?

Tofaïr courait depuis trop longtemps afin de gagner quelques drachmes pour ne pas ralentir et s'approcher du dégoulinant.

– À quoi faire ?

– Je t'ai remarqué et observé depuis mon arrivée, et j'ai admiré ton adresse et ta discrétion. Tu m'as l'air malin et rapide. Bref, tu me plais, et j'ai une mission pour toi.

Il eut un de ces sourires qui font fuir.

– L'affaire sera facile pour toi, ô père des ruses !

Suffoqué par l'odeur fétide, Tofaïr amorça un mouvement de repli vers des zones plus respirables. Mais il y a des gens qui ne peuvent nous parler que lorsqu'ils ont le nez sur notre figure, et le Véreux, d'un pas en avant, anéantit tout espoir de Tofaïr de trouver de l'air pur.

Il se résigna et choisit de régler l'affaire en respirant le moins possible. D'un mouvement de sourcil interrogateur il demanda des précisions.

– Voici : tu devras trouver le chef de la corporation des voleurs et lui dire simplement ceci : « Ahmad est là ! » C'est tout.

– Hum ! Ce n'est pas si facile ! La corporation des voleurs est très fermée. Personne ne sait où est leur repaire. C'est dangereux...

Une bourse apparut avec une rapidité surprenante entre les mains du Véreux.

Tofaïr allait céder. Un seul obstacle l'arrêtait encore : comment réussir à attraper la bourse sans subir le contact répugnant des mains suantes et glissantes ?

Il fit appel à son talent et saisit la bourse au vol par la cordelette, avec la même dextérité qu'il saisissait avant une pâtisserie aux amandes passant imprudemment à sa portée. Sa poche n'en fit qu'une bouchée, et sa bouche débita les paroles nécessaires pour faire cesser la pestilence :

– J'écoute et j'obéis, et tu seras satisfait.

## Tofaïr au souk des voleurs

Cependant il ne savait comment faire pour entrer en contact avec les voleurs. Il réfléchit et, finalement, eut l'idée d'aller chercher l'inspiration au souk des voleurs. Un tel souk existe dans toutes les villes. Il se trouve au cœur du marché officiel. Pour l'atteindre, il faut s'aventurer dans des ruelles de plus en plus repoussantes qui ne cessent de se rétrécir pour finir en sorte d'obscur boyau d'étranglement. Si on a le courage de s'y engouffrer, on débouche un peu plus loin, de manière tout à fait inattendue, dans une vaste cour carrée, qui semble, par contraste, aveuglante de soleil, et où règnent la paix, la sérénité, le profit et le bénéfice. On est arrivé au souk des voleurs, où s'étalent les marchandises les plus hétéroclites que l'on puisse imaginer.

Et derrière chaque étal s'alignent les faces hirsutes et couturées des marchands-receleurs.

Car le souk des voleurs est le lieu où se revend tout ce qui a été volé. Sauf que ce qui est vendu à Chiraz a été volé à Damas... Le transport est assuré par les caravanes des marchands-receleurs qui prospèrent immensément de ces rondes d'objets.

C'est donc là que Tofaïr entra pour chercher l'inspiration. Il s'assit dans un coin, l'esprit vague et l'œil à l'affût de la moindre suggestion.

Et bientôt, un étrange phénomène l'intrigua : il y avait là un jeune homme qui se baladait lentement d'étal en étal. Il n'avait rien de particulièrement remarquable, si ce n'est que subitement son teint pâlissait et tournait au vert cadavre ! Cela durait une seconde tout au plus. Et plus loin, à l'étal suivant, le même vert réapparaissait puis disparaissait encore tout aussi soudainement. Ce n'était rien, mais Tofaïr l'avait vu. Son regard s'attacha au jeune homme. Un peu plus loin, celui-ci vira au vert une fois de plus, l'espace d'une seconde, toujours de la même manière ! Tofaïr l'observa mieux et s'aperçut que la couleur de son visage dépendait en fait de l'action de ses mains.

La main s'insinuait vers l'étal avec la sinuosité discrète du serpent, planait un instant, les doigts en antennes, détectant l'aubaine, et tombait en piqué avec la rapacité de l'aigle et la célérité de l'éclair. Le vert du visage accompagnait le piqué foudroyant et cessait dès que l'objet volé avait trouvé asile dans les poches compliquées du voleur.

Un escamoteur ! C'était un escamoteur ! Il volait avec talent. Il volait avec profit. Il volait avec risques. Hauts risques.

Car il volait dans le souk des voleurs !

Ô ironie !

Mû par une idée subite, Tofaïr se leva et s'approcha de l'astucieux verdissant. Discrètement, il le rejoignit, attendit l'instant propice et, d'un geste brusque, bloqua la main en plein flagrant délit.

Cependant il le fit avec générosité : pour ne pas attirer l'œil du voleur-marchand, il interposa son corps comme un écran de sorte que la scène fût invisible au propriétaire de l'étal. L'escamoteur se crut pris, et son visage conserva sa couleur verte, d'habitude si éphémère.

Tofaïr chuchota :

– Tu voles dans le souk des voleurs ?

– Mais non, c'est ma main ! Elle n'en fait qu'à sa tête ! Lâche-moi, implora-t-il tout bas. C'est dangereux d'être pris à voler les voleurs ! Ils coupent les mains ! Ils sont plus durs que les officiels ! Aie pitié, lâche-moi !

– D'accord, à condition que tu m'amènes jusqu'au chef de ta corporation.

– Mais je ne peux pas ! s'affola le voleur, toujours en chuchotant. C'est encore pire ! On n'a pas le droit de montrer le repaire ! Je risque cinquante coups de bâton... De ceux qui font rêver d'être né tortue, reine des carapaces ! Je t'en prie, ne me demande pas ça !

– Dans ce cas, je crie, et tu es pris.

L'autre jaugea les risques en une seconde et préféra encore des coups à l'absence d'une main qui lui était si chère. Il céda dans un souffle :

– D'accord. Mais je vais être obligé de te bander les yeux. Ainsi j'échapperai peut-être au pire !

– Je n'y vois pas d'inconvénient, répondit Tofaïr.

En effet, comme il connaissait la ville par cœur, son plan était gravé dans sa mémoire. Il se repérait même dans le noir et se moquait bien de ne rien voir !

Il lâcha son voleur, qui devint amical et l'entraîna vers la sortie.

– Je m'appelle Ali, dit-il en marchant. Ali le Vert... Pour la raison que tu as pu constater... Sans ce défaut, je serais le meilleur des escamoteurs !

– En effet ! Très gênant... Mais tu as un très beau jeu de mains !

Ali le Vert s'éclaira sous le compliment.

Une fois sur la place centrale, il banda les yeux de Tofaïr, lui prit la main et dit :

– Suis-moi !

## Tofaïr « traverse le mur »

Ils déambulèrent dans la ville. Tofaïr suivait l'itinéraire dans sa tête. À chaque pas, il savait exactement où ils se trouvaient. Ali le Vert fit des détours, par prudence, mais Tofaïr n'était pas dupe.

Après quelque temps, alors qu'ils avançaient dans une rue qu'il connaissait parfaitement, ils obliquèrent légèrement vers le mur. Il pensa qu'ils étaient arrivés et qu'ils entraient dans une maison. Comme il s'y attendait, ils descendirent quelques marches.

Pourtant, ils continuèrent à avancer ! Tellement que Tofaïr en fut surpris. En outre, deux faits l'intriguaient au plus haut point : premièrement, Ali le Vert n'avait pas ralenti son allure. Ensuite, dans cette maison les bruits étaient les mêmes que ceux de la rue, les odeurs les mêmes que celles de la rue et l'air aussi vivifiant que celui de la rue !

Comme ils avançaient toujours, il dut se rendre à l'évidence : ils étaient encore dans la rue ! Mais quelle rue ? Il n'y avait pas, à cet endroit, de rue perpendiculaire ni de carrefour ! Il en était sûr. Il n'y avait qu'une suite ininterrompue de maisons et de murs ! Alors, s'ils n'étaient pas entrés dans une maison, où se trouvaient-ils ? Étaient-ils entrés dans le mur ?

Il ne savait plus où ils étaient et en fut agacé. Sa mémoire ne pouvait pas le tromper ! Donc ils étaient dans un lieu impossible. Sa curiosité aiguillonnée lui fit ouvrir grand les oreilles pour saisir un indice, un signe, un rien qui l'aiderait à comprendre ce qui avait bien pu se passer. Mais les bruits de rue étaient anodins. Alors il fut persuadé qu'ils avaient traversé le mur. Son étonnement fut tel que son esprit se vida tout à fait, et il se laissa entraîner, au comble de la perplexité.

Au bout d'un quart d'heure, Ali le Vert s'arrêta enfin et tambourina à une porte qui résonna de la bonne sonorité des portes réelles. On leur ouvrit, et Tofaïr fut guidé dans ce qui lui parut être un couloir. Celui qui avait ouvert la porte fit un brin de causette à Ali le Vert. Tofaïr sentit un regard soupçonneux se poser sur lui. Les murmures inaudibles se transformèrent en ricanements sournois, et Tofaïr eut la chair de poule.

Enfin, ils durent arriver au bout du couloir, et le portier les laissa, se retirant dans les tréfonds de son domaine. Ali guida Tofaïr dans des salles dont on sentait l'humidité et devinait l'obscurité. Plus loin, il frappa encore une fois, puis poussa Tofaïr devant lui et détacha enfin son bandeau.

## Tofaïr au repaire des voleurs

Ils étaient dans une grotte vaste et voûtée, aménagée comme une salle d'auberge. D'énormes tables de bois brut s'étalaient dans toute la pièce. À chaque table, des hommes au rire gras et à la mâchoire bruyante se faisaient servir par des filles qui n'avaient apparemment pas peur d'eux.

Au fond se tenait une véritable cour des miracles, avec son assortiment de faux aveugles, faux manchots, faux derviches errants et toutes les sortes de voleurs, depuis le voleur à la tire, coureur élancé, jusqu'au lourdaud dont le poids seul était une menace mortelle pour les pieds, menace telle que les possesseurs desdits pieds déliaient d'eux-mêmes leur bourse pour les sauver de l'écrasement.

Ils discutaient vivement, forgeaient des plans, préparaient des coups, buvaient et rotaient... Des outils hétéroclites de vol étaient accrochés aux murs : cordes, échelles et filets donnaient à l'endroit l'aspect d'une cabane de pêcheurs. Mais les sabres, yatagans et autres lacets, crochets et poignards détrompaient les naïfs.

Des torches et des chandeliers éclairaient la pièce, la chargeant d'ombres inquiétantes.

Tofaïr aperçut tout cela en un seul coup d'œil, dès qu'il fut délivré de son bandeau.

Puis il ne vit plus rien d'autre qu'un mur.

Un mur circulaire de muscles... dont il était le centre d'intérêt.

Et les torses puissants activaient leurs muscles pour l'impressionner. Les sourires gardaient le souvenir du couteau serré entre les dents. Les yeux étaient petits, plissés.

Au milieu de cette assemblée intimidante, assis sur une sorte de trône baroque et composite, siégeait le chef de la corporation des voleurs.

L'homme était maigre, sec et long ; il avait le geste sûr de ceux dont l'autorité n'est pas contestée. Son calme froid faisait cesser instantanément la plus furieuse des bagarres, sa tranquille assurance imposait le respect.

Tofaïr se sentit rassuré : l'homme n'était pas un tueur. Il respira un grand coup pour décomprimer sa poitrine, que les sourires en couteau avaient sensiblement rétrécie, et dit :

– Ô vénérable chef des voleurs, si j'ai pris le risque de venir jusqu'à toi, c'est uniquement sur ordre et pour t'apporter ce message verbal : « Ahmad est là. »

À ces mots, une clameur joyeuse s'éleva dans la salle. Le chef lui-même se détendit.

– Bonne nouvelle, ô intrépide intrus ! Et pour cette bonne nouvelle, reçois cent dinars !

Tofaïr était honnête ; il se récria, très ferme :

– C'est déjà payé par Ahmad lui-même, ô paume généreuse !

Le chef des voleurs hocha la tête avec admiration : il ne voyait pas tous les jours un homme honnête. Il en fut séduit et se répandit en confidences :

– Ahmad est un marchand-receleur de premier ordre. Il arrive toujours à point pour faire l'échange des butins ! Il n'a pas son pareil pour vider le souk des voleurs de ses objets compromettants. Ah ! je suis satisfait !... Dis-lui que tout se passera comme d'habitude. Il comprendra. Tu peux te retirer, va en paix !

Tofaïr fut tout à coup pris d'un élan irréfléchi mais généreux :

– Ô vénérable chef des voleurs, puisque tu étais prêt à me payer pour ma mission et que j'ai refusé cet argent, je te demande une faveur !

Le chef des voleurs fut très surpris par une telle audace. Mais en bon meneur d'hommes, il sut l'apprécier. Il sourit finement et dit :

– Quelle faveur, ô téméraire ?

– Ce voleur, Ali le Vert, épargne-lui la bastonnade, ô clément, car je l'ai forcé à me guider jusqu'à toi !

Ali, qui s'était ratatiné dans un coin, tâchant de se faire oublier et mettant toute son énergie à trouver le moyen de se transformer en tortue pour avoir le dos plus dur sous la torture, se releva soudain, mû par l'espoir.

Tous les voleurs au sourire de couteau bronchèrent un peu, car ils étaient sensibles aux gestes d'amitié. Un souffle de tendresse se répandit dans le silence de l'attente.

Or le chef des voleurs était un vrai chef : un de ceux qui, après s'être fait craindre, savent se faire aimer. Il estimait la générosité et en connaissait la rareté. C'est donc avec une nuance de regret dans la voix qu'il dit :

– Tu aurais fait un bon voleur... Peut-être le meilleur de tous. J'aurais aimé te garder à mes côtés. J'apprécie ton geste et t'accorde la grâce que tu m'as demandée, joignant ainsi ma générosité à la tienne. Cependant tu devras sortir d'ici comme tu es entré : les yeux bandés. Tu comprendras aisément que mes sympathies personnelles ne peuvent me faire oublier la sécurité de mes gens.

Il y eut un concert d'approbation admirative et respectueuse au sein du mur État-Major. D'un geste imperceptible, le chef des voleurs lui imposa le silence et termina :

– Ali le Vert te raccompagnera... Que la paix soit sur toi et autour de toi !

Le rescapé de la bastonnade s'était déjà approché, le bandeau à la main, et entraînait son sauveur vers la sortie quand ce dernier s'arrêta, se retourna, l'air rêveur, et murmura à l'intention du chef des voleurs :

– Tu aurais fait un bon général... Peut-être le meilleur de tous...

Et il le salua.

Ils échangèrent un étrange sourire. Ils savaient qu'ils auraient pu être amis, en faisant d'autres choix, mais qu'ils ne se verraient plus jamais.

## Tofaïr et les sept portes

Ali le Vert guida Tofaïr sur le chemin du retour avec une sollicitude touchante. Il lui évitait les embûches, lui signalait les dénivellations, et le protégeait fraternellement contre toutes les incommodités de sa cécité provisoire.

En arrivant sur la place centrale, il lui ôta son bandeau et l'étreignit avec chaleur.

– Toi qui m'as sauvé de la bastonnade par pure bonté d'âme, tu es mon frère à jamais. Si tu as besoin de quoi que ce soit, fais appel à moi, et je viendrai ! J'habite rue Rouge, troisième maison...

Ils s'embrassèrent et se séparèrent, Ali pour retourner à son art manuel, Tofaïr pour faire son rapport au Véreux.

Puis, enfin libre, il s'appliqua à résoudre la question restée en suspens : qu'était-ce donc que cet endroit où ils étaient entrés dans le mur ? Et il n'eut plus qu'un seul désir : refaire le trajet.

Il le fit les yeux fermés pour revivre les étapes exactes du parcours dans leur moindre détail. Il reprit les détours d'Ali, pour être absolument sûr de son affaire. Arrivé à l'endroit où la première fois ils avaient obliqué légèrement vers le mur, il ouvrit les yeux.

Or il y avait là une porte... Une porte énorme, de celles qui ouvrent sur les jardins privés des maisons riches.

Et lorsqu'il la vit, soudain, il se souvint : il y avait, dans la ville de Chiraz, six autres portes, sœurs de celle-ci.

Il n'y avait jamais prêté attention, car il n'aurait pu imaginer qu'elles puissent donner sur autre chose que des jardins privés. Mais maintenant, tandis qu'il restait là planté à la contempler, un détail lui sauta aux yeux : les sept portes étaient absolument identiques !... Identiques tant par leur taille monumentale que par leur beauté. Elles étaient toutes ornées des mêmes arabesques, remarquables par leur finesse et l'étrangeté de leurs motifs, qui faisaient penser à une mystérieuse écriture...

Et de ces sept portes, il n'en avait jamais ouvert aucune !

Sentant que la ville lui offrait là son dernier mystère, il s'approcha de la porte et la poussa. Elle s'ouvrit silencieusement.

## Tofaïr et le mystère de Chiraz

De nouveau, il descendit quelques marches. Et voici : il se trouvait bien dans une rue ! La porte se rabattit d'elle-même derrière lui. Alors, il comprit : elle était si large qu'elle obstruait une rue entière ; fermée, on ne pouvait deviner ce qu'elle dissimulait ; or, elle était toujours fermée, du moins en apparence. Toujours fermée, pour ceux qui ne savaient pas qu'il suffisait de la pousser pour qu'elle livre le passage...

Il déambula dans un nouveau dédale et finit par tomber sur une impasse. Et, au bout de cette impasse ; il vit une porte. Une des sept, devina-t-il, mais vue par-derrière, cette fois-ci.

Ainsi donc, il y avait une ville à l'intérieur de la ville ! Une ville cachée, secrète, accessible uniquement par ces sept portes et ouverte aux seuls initiés !

Pourtant, comment cela se pouvait-il ? Il connaissait la ville par cœur – la ville officielle, s'entend –, et il aurait pu, on le sait, en tracer le plan exact. Or, dans ce plan, il n'y aurait pas eu de zone vide, pas de blanc ! C'est-à-dire que dans la ville officielle, où que l'on soit, *on pouvait toujours faire le tour du pâté de maisons* !

Alors comment concevoir l'existence d'un espace secret ? À aucun moment, on n'avait l'impression, quand on se trouvait dans la ville officielle, de devoir contourner une immense propriété cernée par des murs ; non, jamais ! Où la ville secrète trouvait-elle la place de se nicher, et comment et pourquoi ? Et qui vivait là ? Était-ce les mêmes gens que ceux de la ville officielle ?... Il avait bien remarqué de l'agitation, de temps à autre, autour de ces portes, des allées et venues, mais rien que de très habituel aux abords des maisons riches. Qui donc étaient ces gens ? Que faisaient-ils là ? Pourquoi se cachaient-ils ? Pourquoi une ville entière se cachait-elle ?

Toutes ces questions demeurèrent sans réponse, puis elles s'effacèrent et disparurent, secondaires et subsidiaires, devant *la* réponse à la question. Ce fut comme un éblouissement : la maison du Guèbre !

Il allait la trouver là, dans cette ville cachée ! Cette conviction l'apaisa... Le Guèbre avait dû profiter d'un mouvement de foule pour lui faire passer la porte sans qu'il s'en rende compte, pendant que la cohue lui en masquait les battants !

Le rythme de la traque le reprit. Il s'y lança avec un élan nouveau, tout joyeux et empressé : la ville cachée était petite, la quête serait brève, le résultat certain.

Lors de ce parcours, il croisa toutes sortes de gens, que rien ne distinguait, apparemment, des habitants de la ville officielle. On pouvait donc, en effet, franchir une des portes sans s'en rendre compte. Puis il comprit pourquoi la ville cachée était invisible aux ignorants : il y avait des différences de degrés et des jeux d'une incroyable subtilité entre les hauteurs des terrasses et les soubassements. Maintenant tout s'éclairait : c'était l'entremêlement des deux villes, imbriquées l'une dans l'autre, qui obligeait l'officielle à louvoyer, tel un labyrinthe ! En effet, à ses extrémités, elle était simple et claire, mais dès qu'on s'approchait du centre, elle commençait à se tordre, s'enfler, se tourmenter et se recroqueviller, tel un papier sous la flamme, paraissant s'affoler au fur et à mesure qu'elle arrivait à proximité de l'autre, ce monstre qui était en elle et qui enfermait peut-être ses secrets les plus innommables...

Tofaïr avançait, se laissant pénétrer par le charme de cette ville insaisissable, quand soudain, au sortir d'une ruelle, il eut un coup au cœur : là, sur sa gauche, se dressait, majestueuse mais vaincue, la maison d'Al Razam le Guèbre...

## Tofaïr espionne...

Maintenant qu'il avait accompli la première partie du plan : retrouver la maison du Guèbre, restait la suite : entrer, récupérer la bague. Or, son plan omettait les questions ardues de la réalité. Par exemple, comment entrer, et surtout où était la bague ? Pour ce qui est d'entrer, Tofaïr ne s'en inquiétait pas : l'art du parasite se joue des portes. Mais il était hors de question d'entrer chez l'ennemi et ensuite d'improviser !

Il décida donc de se transformer d'abord en espion.

Il s'éloigna pas à pas en repérant la route, puis revint à la nuit tombée, se posta dans un renfoncement de mur qui semblait avoir été aménagé là exprès pour lui, et attendit.

Qu'attendait-il ? Il n'en savait rien. Mais il avait confiance.

Finalement, une lumière s'alluma à une fenêtre du premier étage.

Il voulut voir ce qu'il en était et utilisa le jeu des terrasses pour atteindre la bonne hauteur ; et ce qu'il vit le plongea dans l'étonnement : il se trouvait en face d'une pièce surchargée d'instruments de mages, magiciens, alchimistes et astrologues. Les murs étaient recouverts de talismans écrits en lettres de feu, de pentacles mystérieux et de signes cabalistiques. Le plafond bleu nuit figurait une carte du ciel, avec les signes du zodiaque entourés d'inscriptions minuscules spécifiant leurs propriétés et influences diverses. Des ustensiles encombraient les tables et jonchaient le sol ; des lutrins soutenaient des grimoires en vieux parchemin ; des encens envoyaient leur fumée bleue au-dessus d'un plateau d'or recouvert de signes nébuleux.

Au milieu de la pièce, Al Razam, vêtu d'une robe aux reflets miroitants, dont les vastes manches jetaient des éclats argentés à chaque mouvement, s'agitait comme pris de folie. Il grimaçait, gesticulait et projetait frénétiquement sa main en l'air, doigts grands ouverts, tendus.

Et sur l'annulaire, intacte et tranquille, brillait la bague.

Même de loin, même d'en face, même à travers la fenêtre, on pouvait comprendre qu'Al Razam s'acharnait sur cette bague pour en faire jaillir l'obscur et mystérieux pouvoir, et qu'il n'arrivait à rien. Et on voyait la sueur lui couler sur le front ; la rage lui secouait les lèvres, l'impuissance lui serrait les dents et la fureur lui rougissait les joues.

Après un temps, le Guèbre se calma, et l'air se désélectrisa. Tofaïr vit que le sorcier renonçait pour ce soir, ôtait la bague, la rangeait dans une petite boîte en marqueterie à l'intérieur molletonné, la boîte dans un coffret ouvragé de pierreries, et le coffret dans le tiroir gauche d'un meuble d'ivoire et bois de rose.

Al Razam semblait épuisé. Il éteignit la lumière et quitta la pièce.

Bon prince, Tofaïr lui souhaita de beaux rêves et se pressa le cerveau comme une tige de canne à sucre pour en exprimer le suc de la ruse...

Une petite goutte en perla et lui souffla, mutine : « Ali le Vert ! Ali le Vert ! »

## Tofaïr et l'homme sinusoïdal

Le lendemain, Tofaïr alla rue Rouge, trouva son ami et lui exposa la situation. Ali le Vert verdit durablement et protesta vigoureusement.

– Ô mon frère, la prudence t'a abandonné, et la folie emplit ton foie ! Tu as perdu le discernement ! Tu t'engages dans une aventure au-dessus de tes forces, et des miennes ! Je ne suis qu'Ali le Vert ! Et l'autre, c'est le plus fort, le plus terrible, le plus dangereux, le plus puissant des magiciens du monde ! Et tu voudrais me faire entrer chez lui de nuit ? Et moi, qui ne sais qu'escamoter aux étals de bas étage, tu voudrais me faire escalader et monter à des premiers étages ?

Il continua ainsi à s'agiter avec force moulinets de bras, son visage alternant entre le rouge de la fureur et ce vert dont il avait l'exclusivité.

Pendant tout ce temps, Tofaïr ne dit rien. Il souriait, regardant son ami avec une confiance absolue.

Or Ali le Vert n'était qu'un être humain.

Et il succomba au charme.

Et il soupira :

– J'écoute et j'obéis, ô téméraire !...

À la nuit tombée, ils gagnèrent ensemble les lieux de l'aventure, munis d'échelles de corde avec grappins, de cordes simples, de sandales silencieuses et de passes de toutes sortes, empruntées à un collègue ouvreur de portes.

Quand ils arrivèrent devant la maison du Guèbre, la lumière était encore allumée. Tofaïr en profita pour montrer la salle à son ami depuis la terrasse d'en face. Ali scruta la façade en professionnel et mesura les risques. Il jaugea les distances entre les fenêtres, les sources de bruit, le nombre de pas nécessaires, le temps à prévoir, et se concentra tellement dans ce travail que, lorsqu'enfin la lumière s'éteignit, il était fin prêt.

Ils attendirent un peu que le Guèbre s'endorme ; puis Ali décréta qu'il était temps d'agir. Il se leva sans bruit et lança son échelle de corde, grimpa ou plutôt se liquéfia silencieusement, se cordifia littéralement et atteignit la fenêtre.

Le plus dur restait à faire. Tofaïr faisait le guet en bas. Là-haut, le Vert – très vert, malgré la maîtrise de ses gestes – passa sa main d'escamoteur entre les arabesques du moucharabieh, manipula on ne sait quoi, réfléchit, saisit un de ses passes, le tordit selon un angle précis avec un savoir-faire de professionnel, réinsinua sa main ainsi prolongée dans le même moucharabieh et, sans résistance ni couinement ni grincement ni rien, la fenêtre s'ouvrit.

Alors ce fut au tour de Tofaïr de verdir d'inquiétude ; et, cédant au désir de voir, il grimpa sur la terrasse et suivit anxieusement la progression de son ami.

Une fois dans la pièce, Ali jugea bon, vu le nombre d'obstacles à éviter, de transférer provisoirement dans ses pieds le talent de ses mains, ce qui eut pour effet de les griser tout à fait : subjugués par le brusque élargissement de leur horizon, enthousiasmés par ce monde nouveau qui s'ouvrait à eux, ils choisirent de s'avancer en éclaireurs. Ali prit donc une démarche très particulière : le pied, levé à hauteur du genou, se tendait prudemment à l'horizontale, les orteils en état d'alerte. La plante du pied, hypersensible, devait deviner l'obstacle, comme à tâtons mais sans tâter. Car il ne s'agissait pas de tâter ! Surtout pas ! Il s'agissait d'éviter ! Éviter les échafaudages audacieux de cornues en verre et autre fragilités bruyantes.

Ensuite, les jambes suivaient, s'incurvant comme des loukoums élastiques, et enjambaient « haut la main » tel guéridon dangereusement surchargé.

Souple, Ali suivait ses pieds ; obéissant, il contournait ; sinusoïdal, il progressait.

Quand il fut arrivé devant le meuble d'ivoire et bois de rose, il avait prouvé au monde qu'il était le digne fils du serpent, non seulement par sa couleur et sa souplesse, mais surtout par son sang-froid.

Ali dut se reprendre en main – si je puis dire –, car il avait besoin de toute sa tête pour ouvrir ce meuble.

Or ce dernier était fils de l'ivoire et de la rose. C'est pourquoi, dès qu'il eut remarqué l'adresse avec laquelle l'escamoteur faisait jouer ses serrures, il abandonna toute résistance mesquine et, bon joueur, s'ouvrit noblement. Les tiroirs suivirent l'exemple et glissèrent, mettant à ne pas grincer leur point d'honneur.

Et le coffret apparut. Et la petite boîte. Et la bague.

Et tout fut soigneusement remis en place.

Sauf la bague.

Et les pieds se réjouirent l'espace d'un retour.

Et la sinuosité se fit descendante.

Et la bague réintégra le doigt de Tofaïr.

Et ils livrèrent leurs jambes au vent...

Ils arrivèrent rue Rouge, essoufflés mais vainqueurs.

– On est quittes, maintenant, dit Ali, et on se quitte !... Moi, je ne crains rien, je ne suis qu'un instrument anonyme. Mais toi, tu risques gros ! Quand le sorcier s'apercevra du vol, il sera fou furieux. Il fera des divinations, et il te verra ! Et je ne donne pas cher de ta vie si tu restes à Chiraz... Sache que la caravane d'Ahmad le Receleur part à l'aube. Si tu veux un conseil, pars avec lui sans perdre un instant !

Tofaïr jugea que le conseil était bon. Ils se dirent adieu, et il courut au khan des étrangers. Il chercha le Véreux dans les lueurs de l'aube, parmi les chameliers, et finit par le trouver courant de-ci de-là, hurlant des ordres et suant déjà. Il s'approcha de lui et demanda :

– Où pars-tu ?

– En Inde...

Tofaïr, un instant surpris, lança :

– Eh bien, va pour l'Inde !

Et il se joignit à la caravane. Celle-ci s'ébranla presque aussitôt, sortit de Chiraz et se dirigea droit vers le soleil levant...

# Le guide aveugle

Pendant des jours, la caravane immense et surchargée s'étira, nonchalante. Elle traversa en toute tranquillité des terres inconnues, riches et prospères : il ne venait à personne l'idée saugrenue d'attaquer une caravane de recel, bienfaitrice des voleurs.

Voulant porter l'agrément à son comble, Tofaïr profita de l'étirement de la caravane pour échapper au Véreux : si l'un était en tête, on pouvait être sûr de trouver l'autre en queue ; si bien que pendant tout ce voyage, ils n'échangèrent pas trois mots.

Un soir cependant, la caravane arriva aux portes d'un désert. Le Véreux donna l'ordre de faire halte, et on installa le campement.

Au bout de trois journées de repos, la caravane ne montrant aucun signe de départ, Tofaïr se décida à aller le trouver.

– Qu'attendons-nous pour repartir ?

– Le Guide.

– N'as-tu pas tes propres guides ?

– Ils ne sont pas assez compétents : personne ne passe ce désert-ci sans le Guide. Il est prévenu. Il ne va pas tarder. Il n'a jamais manqué à un rendez-vous.

En effet, le lendemain en fin d'après-midi, Tofaïr vit s'élever un nuage de sable annonciateur de visite. Lorsqu'il se fut rapproché, le jeune homme distingua une petite troupe imposant aux chameaux une marche forcée. À sa tête se tenait un vieil homme vénérable d'une présence rayonnante. Juste derrière, Tofaïr vit une horde d'une dizaine d'adolescents occupés à rire, plaisanter, se chamailler et chahuter, sautant d'une bête à l'autre, avec cette maîtrise de l'équilibre qui n'appartient qu'à ceux qui sont nés sur des chameaux.

Le vieil homme avait l'air de supporter très placidement toute cette exubérance. On aurait même dit qu'elle le rendait heureux, car un petit sourire irradiait son visage d'une lueur de malice amusée et complice.

Tofaïr, que la jeunesse n'avait pas quitté, sentit son cœur s'ouvrir à l'idée de traverser le désert en si bonne compagnie.

Mais quand la troupe fut arrivée, il constata avec stupéfaction que le Guide était aveugle !

Derrière lui, les dix jeunes gens mirent pied à terre, et, ô terreur, ils étaient tous aveugles !

Tofaïr se tourna vers le Véreux, les yeux arrondis de stupeur.

Le Véreux dit d'un ton sec :

– C'est le plus fameux guide que j'aie jamais rencontré. Il connaît le désert comme personne, et il n'a pas fini de t'étonner !

Puis il cracha sur le sol, signifiant ainsi la fin de leur échange, et s'élança vers le guide aveugle pour l'accueillir. Instantanément, sa voix reprit un ton mielleux.

Il l'invita à un thé de bienvenue, lui, assurant que lui, Ahmad, serait la fleur de la joie exhalant son parfum, si le Guide, hôte vénérable, voulait bien l'honorer de sa présence ainsi que de celle de sa jeune troupe si délicieuse, respirant la vie et la gaieté, qui ajouterait la bonne humeur de l'insouciante jeunesse au plaisir déjà immense de se trouver en sa présence à lui, le Guide des guides, lumière des guides et couronne sur la tête des autres guides...

Or le Guide faisait preuve d'une patience et d'une tolérance infinie à l'égard de cet homme. Il avait l'air de s'amuser des démonstrations outrées d'Ahmad et y répondait avec douceur.

Tofaïr fut submergé par une vague soudaine de sympathie envers ce vieillard. Il y a des êtres qui savent accueillir tous les autres... Ce vieil homme semblait être de ceux-là.

Le lendemain à l'aube, Tofaïr se réveilla au milieu des chameaux qui blatéraient et des hommes qui vociféraient : musique joyeuse du départ. Il prit place dans l'immense file en tâchant de se placer à proximité du guide aveugle et de ses jeunes disciples.

## Tofaïr et la malice de l'Aveugle

Tofaïr fut émerveillé par l'art si surprenant du vieux guide : de temps à autre, il descendait de son chameau, se penchait, prenait une poignée de sable, la humait et la faisait glisser d'une main dans l'autre, lentement, près de son oreille, comme pour écouter un mystérieux murmure. Quelquefois même, lorsqu'il se jugeait insuffisamment renseigné, il la goûtait, puis méditait un instant, et d'un geste précis désignait la direction à suivre. À d'autres moments, il préférait monter en haut d'une dune, où il s'offrait au vent, les bras en croix, le visage levé. Il restait ainsi quelques minutes, tel un baromètre vivant, puis redescendait vers la caravane, sûr de la route et comme averti de ses dangers.

La fascination de Tofaïr était si grande que le vieillard s'en amusa. Le deuxième jour, il l'appela et lui demanda :

– Vois-tu trois pierres, là-bas (il indiqua une direction de son doigt), au sommet de cette dune ?

– Oui ! Il y a bien trois pierres !

– Une plus haute que les deux autres ?

– Oui, exactement !

– Eh bien, petit, c'est le repère de ceux qui voient...

Il émit un petit rire espiègle et s'échappa, allègre, comme un gamin qui vient de faire une bonne farce.

Tofaïr sourit, séduit. Cet homme n'avait décidément pas besoin de ses yeux pour mener la caravane à bon port !

De ce jour, ils ne se quittèrent pour ainsi dire plus. Tofaïr ne se lassait jamais d'admirer son savoir si unique ni de rire de ses incessantes malices. Il était tellement intrigué par le personnage et obnubilé par le désir de percer le secret de son art, qu'il ne se rendit pas compte que le vieux aussi recherchait sa présence.

## Tofaïr et la confusion

Le deuxième jour déjà, il s'était approché de lui et avait parcouru de ses mains d'aveugle le visage du jeune homme, le tâtant longuement comme pour chercher la réponse à une question informulée. Puis il avait murmuré :

– C'est confus... C'est confus...

Mais il n'avait rien ajouté de plus.

Tofaïr n'avait vu là que les efforts d'un aveugle pour connaître son entourage. Mais le lendemain, le vieux le chercha de nouveau et, encore une fois, il lui caressa le visage longuement, puis murmura :

– C'est confus... C'est confus...

Tofaïr sentit une sourde inquiétude le pénétrer. Pourtant, il fallut une troisième fois pour l'alerter.

Lorsque le vieillard revint à la charge et laissa errer sa main perplexe sur son visage, répétant encore son « C'est confus... C'est confus... », Tofaïr fut troublé. Il voulut le questionner, mais il attendit que le vieillard cesse de le toucher...

Le vieux aussi semblait troublé par ce qu'il lisait sous ses mains. Il insistait donc, cherchant une piste, tâtant les épaules, puis les bras de Tofaïr. Enfin, il prit ses mains dans les siennes.

Alors, il sentit la bague, réprima un sursaut, mais ne put éviter que son visage exprime une joie profonde. Tofaïr perçut parfaitement cela, et ne l'oublia pas. Ce qui lui échappa totalement, ce fut qu'à partir de cet instant, le vieux ne lui dit plus une seule fois « C'est confus... », comme s'il avait trouvé une réponse à sa lancinante question...

## Tofaïr interroge le Guide sur les garants

Certains soirs, le vieil homme, après avoir installé le camp, et veillé à ce que tout fût en ordre, s'éloignait seul dans le désert. Nul ne savait ce qu'il faisait ni où il allait. On l'attendait un jour, parfois plus.

Au début, Tofaïr s'inquiéta. Mais les jeunes aveugles lui dirent, flegmatiques :

– Ne crains rien, frère. Il écoute les vents du monde... Il revient toujours.

Intrigué, Tofaïr questionna un jour le vieillard :

– Soulage ma curiosité, ô vénérable vieillard ! Dis-moi comment il se peut que tu sois à la fois aveugle et guide, et aussi, à quoi te sert d'être accompagné par ces jeunes qui partagent ton infirmité ?

Le vieux eut un petit rire :

– Oh, ça n'a rien d'extraordinaire. Je peux te raconter en quelques mots comment c'est arrivé... Sache qu'avant d'être aveugle j'étais déjà guide. J'ai connu bien des déserts, et j'ai aidé bien des hommes à les traverser...

Il se tut un instant et se perdit dans une rêverie longue et silencieuse, que Tofaïr n'osa pas interrompre. Puis il soupira et reprit :

– Des hommes, des déserts, des guides, des hommes perdus et des faux guides, oui, j'ai rencontré tout cela... Hum... Mais, un jour, j'ai pris conscience que ma vue baissait. Alors, petit à petit, je commençai à changer mes repères, développer mes autres sens, et transférer ma connaissance du désert sur ces nouvelles aides. L'ouïe me fut utile, surtout. Tu sais, le vent me parle... Il me dit les descentes, les obstacles, les profondeurs et les rondeurs du terrain ; tout est contenu dans ses modulations. Le vent connaît les chemins, à force de les parcourir ! Tous les chemins sont inscrits dans le vent pour qui sait y lire... Et moi, je connais bien le vent...

Le sable m'aide aussi. Avant, sa couleur était un repère. Maintenant, c'est son odeur, son goût, sa dureté, sa composition. Ma bouche connaît des centaines de sables différents, comme l'œil connaît les couleurs, ou la main du drapier la matière des tissus et leur qualité. Vois-tu, petit, chaque désert a son sable, différent de tout autre, unique. Chaque dune a ses conglomérats, ses roses de sable, qui sont autant de repères... J'ai bien assez d'indices, avec tout cela, pour savoir où nous sommes à chaque instant et à coup sûr !

– J'ai bien vu !... Mais, dis-moi, et les jeunes aveugles ?

– Hé ! Hé ! Ça, petit, c'est la meilleure ruse de ma vie !

– Ah ? Comment cela ?

– Oh, c'est que tu ne connais pas le désert !... Des tribus bédouines innombrables se le partagent et le sillonnent en tous sens, à tel point qu'il n'y a pas un grain de sable qui ne fasse partie du territoire de telle ou telle tribu. Si tu passes sur ces territoires, tu es irrémédiablement repéré et attaqué... Hé ! Hé ! Le désert est le lieu du monde où les nouvelles vont le plus vite, si bien qu'on ne peut espérer passer inaperçu...

– Je sais..., le coupa Tofaïr avec amertume.

Le vieux perçut la trace d'une blessure dans ses paroles et se promit de l'interroger plus tard sur ce sujet. Mais pour le moment, il continua à expliquer la « meilleure ruse de sa vie » :

– Eh bien, il y a un moyen de passer sur un territoire officiellement sans être inquiété !

– Quel moyen ?

– Les garants, petit ! Les garants !

– C'est quoi, un garant ?

– C'est un homme d'une tribu qui marche avec toi. Si tu passes sur le territoire de sa tribu, tu es son hôte, tu es chez lui, et il te protège selon les lois ancestrales de l'hospitalité. Mais de même qu'il est garant de ta sécurité vis-à-vis des siens, il est en même temps garant de ta bonne tenue vis-à-vis de sa tribu. La garantie est réciproque, et tout le monde y trouve son compte ! Voilà ce qu'est un garant ! Et sais-tu ce que j'ai fait, ô jeune homme ?

– Non !

– Eh bien, jubila le vieillard, je suis allé trouver une des tribus de ce désert, et voici ce que j'ai dit : « Il y a bien des aveugles, parmi vos jeunes ? Des aveugles qui sont des poids pour vous, des fardeaux et des bouches inutiles dans ce désert terrible ? De ces jeunes qui ne peuvent ni chasser ni aider à rien et qui sont le désespoir de leurs parents ? Eh bien, donnez-moi un de ces aveugles, je ferai de lui un guide du désert. Je lui transmettrai mon art, et, en échange, il me servira de garant. » Tu penses bien qu'ils ont sauté sur une si belle occasion : l'enfant se rendait utile, retrouvait sa dignité, apprenait un métier, contre mon passage épisodique sur leurs terres ! Surtout qu'une demande de garant est toujours signe d'intentions pacifiques. Ils ont accepté immédiatement !

Et moi, je suis allé voir chaque tribu, j'ai proposé le même marché, et elles ont toutes accepté avec le même empressement ! Si bien que *je suis le seul à pouvoir parcourir ce désert d'un bout à l'autre sans jamais être inquiété* !

L'œil du vieux brillait de malice. Tofaïr aima sa finesse. Car ses ruses témoignaient son amour de l'homme.

Tous deux gardèrent longtemps le silence. Puis le Guide ajouta :

– Maintenant qu'ils me connaissent bien, ils ont confiance. Et il n'y a que moi qui puisse faire passer un bandit comme Ahmad par ici ! Ils savent qu'avec moi il ne bronchera pas ! Ce qu'ils ne savent pas, c'est qu'Ahmad vit sur sa réputation et qu'il est bien incapable de broncher !

Tofaïr éclata de rire. Décidément, ce vieux lui plaisait.

## Tofaïr devine un secret

La caravane s'étirait, avançant sans histoires. L'exubérance de la petite troupe était un peu retombée, et le calme glissait parfois vers l'ennui.

Un de ces matins-là, le vieil homme se tourna vers Tofaïr :

– Tu sais que nous autres, gens du désert, nous faisons passer le désert en nous racontant des histoires. C'est un art subtil du temps...

– Oui, je connais cela, le coupa Tofaïr avec la même trace de souffrance dans sa voix.

Le vieux lui prit alors amicalement la main et la caressa doucement :

– Je sens en toi une blessure lorsque tu parles du désert. Raconte-nous donc ce qui t'est arrivé, cela te soulagera le cœur.

Or, pendant qu'il lui tenait la main, Tofaïr sentit une chose étrange : les deux mains de ce vieil homme n'étaient pas pareilles. Il y avait entre elles une différence infime. Minime. La gauche semblait moins rugueuse que la droite. Comme si elle était moins usée, moins... vieille... C'était cela, moins vieille !

Tout à coup, il se souvint de l'histoire d'Al Razam, qui lui parlait de son dernier maître : « Tant que sa main ne redeviendra pas semblable à une main ordinaire, cet homme enseignera la magie et les sciences mystérieuses, et tu pourras le trouver, car on l'appellera la Main blanche. Mais quand viendra le temps où sa main aura perdu toute trace de bizarrerie, alors il se noiera dans la foule anonyme et deviendra un de ces sages cachés, qui, ignorés de tous, sauvent le monde... »

« Il se noiera dans la foule et deviendra un sage caché... », répéta intérieurement Tofaïr en regardant le vieil aveugle. Cette malice... cette tolérance... cette joie... cet amour... Cela ne faisait aucun doute. Il avait à ses côtés Ibrahim la Main blanche ! Son cœur bondit.

Il en oublia ce que le vieillard lui avait demandé et, encore sous le coup de sa découverte, s'écria spontanément :

– Qu'as-tu dit, maître ?

– Pourquoi m'appelles-tu soudain ainsi, mon fils ?

– Parce que, chuchota discrètement Tofaïr, tes mains n'ont pas le même âge ! Et puis... j'ai reconnu ta malice...

– Ne m'appelle pas ainsi, petit, souffla le vieillard. Je n'aime pas cela.

Ils ne dirent rien de plus sur ce sujet, mais leur silence scella leur complicité. Et de ce jour, ce qu'ils ne disaient pas fut plus important que ce qu'ils disaient.

Ils laissèrent passer un moment, mais bientôt, le vieux revint à la charge :

– Fais-nous donc passer le désert, mon ami, cela te soulagera le cœur.

Tofaïr avait très envie de raconter à Ibrahim comment il avait connu Al Razam le Guèbre, et tout le reste, même s'il devait pour cela rappeler la tragédie de la caravane à sa mémoire.

Il réfléchit donc un instant et dit :

– Sachez que mon histoire étonnante est un étrange concours de coïncidences...

Le petit cercle se resserra et Tofaïr leur fit passer le désert en racontant toute son histoire, depuis sa naissance jusqu'à sa rencontre avec eux, aux portes du désert, quelques semaines auparavant. Il raconta selon la grande tradition, c'est-à-dire sans omettre un détail, ni un détail du détail. Il raconta la tragédie comme il put, et reçut les condoléances de tous les jeunes aveugles. Il raconta aussi les histoires qu'il avait dû inventer pour se tirer d'affaire, s'émouvant de nouveau de ce père qu'il s'était créé. Il raconta aussi l'histoire exhaustive d'Al Razam le Guèbre et de son maître Ibrahim la Main blanche... Et il s'amusa finement à cet instant-là... Bref, il leur fit passer le désert pendant une journée entière !

Lorsqu'il eut achevé son récit, les aveugles poussèrent des cris d'enthousiasme, le félicitèrent pour son courage et le pressèrent de leur faire entendre le doux gazouillis de l'oiseau moqueur qu'il avait repris au Guèbre avec tant d'audace.

Et Tofaïr actionna complaisamment sa bague autant de fois qu'il lui fut demandé.

Seul le vieux ne dit rien et resta longtemps plongé dans ses réflexions...

## Tofaïr tisse un lien sacré par sa parole

Cependant, le lendemain, Ibrahim revint d'une expédition en solitaire au sommet d'une dune avec le visage fermé de quelqu'un qui a senti un danger. Dès qu'il fut à portée de voix, il cria :

– Une tempête de sable se prépare. Nous avons juste le temps de nous abriter dans l'amas de roches qui se trouve à une demi-heure d'ici, au nord ! Activez les chameaux ! Marche forcée !

La caravane accéléra l'allure, luttant contre le temps, le vent, et déjà le sable.

Enfin ils arrivèrent en vue d'un chaos rocheux aux blocs énormes, amoncelés dans tous les sens.

Le vieux choisit, entre tous, un creux dont les pierres environnantes formaient un mur parfait pour protéger contre les vents tourbillonnants. Au-dessus, il fit arrimer une tente en guise de toit, de telle sorte qu'elle donnât le moins de prise possible aux vents. Aux endroits les plus exposés, il fit percer la toile de trous, pour éviter qu'elle soit arrachée ou déchirée.

Bientôt, tout fut prêt, et les hommes s'agglutinèrent dans l'abri. Alors, le noir complet se fit en plein jour et résonna le sinistre sifflement des vents s'infiltrant entre les pierres. L'atmosphère devint lugubre. Le silence tomba : tous écoutaient ce qui semblait être le gémissement des djinns.

Seul le vieil homme paraissait à l'aise : satisfait de son abri, il était même d'humeur guillerette. Il chercha à dérider ses compagnons. Alors, s'adressant à Tofaïr, il dit :

– Hier, tu nous as magnifiquement fait passer le désert, jeune homme ! Mais tu nous as raconté ce que tu appelles une « histoire trouée » ! En effet, on ne sait rien, ou si peu, de cet Ibrahim, et surtout on ne sait pas pourquoi sa main était blanche !

– Comment cela ? demanda un jeune garant, qui s'y perdait un peu.

– Reprenons ce que l'on sait ! dit Tofaïr en se demandant bien où le vieillard voulait en venir.

Il se mit à raconter :

– La prédiction disait qu'Ibrahim la Main blanche naîtrait adulte, qu'il aurait la main gauche vide à son arrivée sur terre, et qu'elle se remplirait de réalité au fur et à mesure. Alors, il disparaîtrait du monde et serait un sage caché. Par ailleurs, on sait qu'il a été trouvé par un drapier, à moitié mort, dans le désert ; et qu'il était un magicien aux pouvoirs insondables. Voilà tout ce qu'on sait de lui...

Un autre jeune garant demanda :

– Mais qu'est-ce donc qu'un « sage caché » ?

Le vieillard répondit lui-même :

– Sachez, mes enfants, que, parfois, les sages aiment agir très discrètement. Un sage qui se cache dans le monde peut être votre voisin, et vous ne vous en douterez pas !

Car, voyez-vous, les sages ont dépassé le domaine des formes. Ils sont en accord avec l'ordre cosmique du monde. Ils sont pénétrés du sens de la vie et agissent quand ils l'estiment juste. Ils savent ce qui est vraiment utile au monde et aux hommes... Ils conseillent la bonne personne au bon moment, ou bien font un geste infime, un acte discret, qui infléchit le cours des événements. N'est-ce pas la plus belle des ruses ? Hé ! Hé !

Les jeunes gens restèrent silencieux, plongés dans leurs pensées.

Tofaïr avait bu les paroles du vieillard. Cet ordre, il l'avait perçu, à Chiraz, quand il avait compris la vérité de la bague : qu'elle n'appartenait ni à lui ni au Guèbre. Et il en était resté fier et droit.

Une question le frappa, plus terre à terre : qu'est-ce qu'Ibrahim, sage parmi les plus doux des sages cachés, pouvait bien faire dans ce désert, avec une caravane de voleur-receleurs ?

Il se rappela qu'il ne pouvait tout comprendre, sentit qu'il participait à quelque chose d'important, et que bien des secrets lui avaient été révélés au cours de ce voyage. Sans savoir pourquoi, il l'accepta humblement.

Ses réflexions l'amenèrent à une conclusion tout enfantine : comme Ibrahim n'était pas vraiment un guide du désert, il ne devait pas non plus être tout à fait aveugle...

Alors, plein de respect et de curiosité, espérant en savoir plus, il lui lança :

– Nous conterais-tu l'histoire d'Ibrahim, ô vénérable vieillard ?

– Oh non ! répondit celui-ci. Non, non ! Hé ! Hé ! Mais toi, invente donc quelque chose à ce propos ! Tu en as inventé bien d'autres !

Tofaïr resta muet de surprise. Pourquoi Ibrahim voulait-il donc qu'il lui invente sa propre vie ? Il était là, en face de lui, et pouvait la conter lui-même... Or il choisissait une invention de Tofaïr... Quelle étrangeté !...

Pourtant, il s'imagina le faire, pendant un instant, et cela lui plut beaucoup. Il allait mêler son imagination, sa créativité, sa sensibilité, à la vie de cet homme, et il sut qu'un lien profond les relierait s'il osait jouer à cela, un lien du cœur, un lien sacré.

Il accepta, et son cœur s'ouvrit, là, dans le vent et la tempête...

– Comment donc est-il né ? demanda Ibrahim à Tofaïr en souriant, la main posée tendrement sur l'avant-bras du garçon.

Cette fois-ci, aucun danger ne menaçait Tofaïr, l'obligeant à chercher ses mots, et cela faisait une très grande différence...

– Comment naît-on sans enfance, petit ? continua Ibrahim, comme pour l'aider à se lancer.

Tofaïr prit un instant la main d'Ibrahim dans la sienne et la garda. Il écouta. Il écouta cette main. Il écouta le cœur d'Ibrahim, puis il écouta le vent, comme faisait le vieux pour dire les chemins. Il écouta la tempête qui rugissait autour d'eux. Il les vit, là, tous serrés, unis, dans leur petit îlot de pierre, au milieu du désert. Il écouta la bâche, que le vent cinglait comme une voile...

Alors, il se lança dans le fleuve de l'invention immédiate...

– Pour savoir comment naquit Ibrahim la Main blanche, vous devez d'abord entendre l'histoire étrange et extraordinaire de Zahima, celle qui fut en quelque sorte sa mère, bien qu'il ne naquît pas de son ventre...

Tous se serrèrent autour de lui, bouche bée. Le mystère s'approfondissait !

# Histoire d'Ibrahim la Main blanche et de son étrange naissance

## inventée par Tofaïr

« Sachez qu'il y a quelques années déjà vivaient dans le pays du Sind, au bord de la mer d'Oman, un pêcheur et sa femme. Ils avaient quatre enfants, quatre fils. Le plus jeune s'appelait Ali. Le jour de ses treize ans, il considéra qu'il était désormais assez grand pour partir en mer avec son père et ses frères. Son père accepta facilement, mais lorsque Zahima, sa mère, comprit qu'il lui faudrait dorénavant attendre le retour du bateau avec une angoisse nouvelle, elle laissa échapper les larmes des femmes de marin, des mères de marin, ces larmes qui sont plus salées que la mer elle-même.

Ali s'approcha d'elle et l'embrassa avec fougue. Il semblait si heureux, il exultait tellement ! Il prenait des airs de grand, trépignait de joie, gonflait ses muscles... Que voulez-vous, on n'arrête pas le cours de la vie, n'est-ce pas ? Alors Zahima lui sourit doucement.

Cependant, lorsqu'elle accompagna son petit monde au rivage et qu'elle vit le bateau s'éloigner, elle sentit tomber dans son cœur le vide glacé de l'attente. Cette attente du retour qui commence pour la femme à l'instant même du départ.

Elle rejoignit la maison vide et chassa avec courage les visions noires et les pressentiments morbides ; elle emprunta au roc sa fermeté, au ciel son silence, et attendit.

Trois mois passèrent, et le bateau n'avait toujours pas reparu. Cinq mois. Six. Aucune nouvelle.

## Zahima et la Pierre des Femmes

Au septième mois, celles d'entre ses voisines qui étaient veuves arrivèrent en sinistre procession pour lui rappeler qu'il lui fallait se soumettre aux décrets de la providence, respecter la bienséance et revêtir l'habit du deuil. Leurs visages étaient aigris, leurs lèvres serrées. On sentait qu'elles étaient pressées de l'ajouter à leur nombre. Car il n'y avait de paix pour les veuves que dans l'anéantissement du camp adverse, le camp haï, le camp des heureuses.

Et Zahima eut peur de ces femmes, de la noirceur de leurs voiles et de l'horreur de leur vie. Alors, elle se défendit :

– Ô mes tantes, vous savez bien que lorsqu'un bateau se perd en mer, celle-ci rend toujours quelque chose à la femme comme signe, pour qu'elle cesse d'attendre : un morceau de bois qu'elle reconnaît, un bout d'étoffe, un cri qu'elle seule entend, quelque chose...

– Superstition, ma fille ! Il n'y a plus que toi ici à attendre encore !

– La mer ne m'a rien rendu ! Ils sont peut-être vivants ! Vous enterrez bien vite les maris des autres !

Le coup avait porté : les veuves, outrées, faillirent suffoquer. Elles s'indignèrent en un concert d'aigus et de suraigus. Cependant, une d'elles réussit à se faire entendre de toutes, car ses paroles étaient un arrêt de mort. Avec un sourire hypocrite, elle dit à Zahima d'un ton douceâtre :

– Ô Zahima, revêts vite l'habit du deuil, ou tu finiras comme ces pauvres femmes qui ont perdu l'esprit et qui vont chercher des nouvelles des disparus auprès de la Pierre des Femmes...

Un silence lourd s'abattit sur l'assistance. Les veuves soupirèrent ; puis, frénétiquement, se mirent à conjurer le mauvais œil par d'innombrables invocations. Enfin, apparemment calmées – car certaines d'avoir tué –, elles se levèrent et prirent congé.

La Pierre des Femmes... Zahima n'en avait jamais entendu parler... Alors, on y obtenait des nouvelles des disparus ? Elle se voila, sortit et courut chez la veuve de l'ancien imam, une femme bonne et instruite, qui n'ignorait rien des secrets de la vie.

Elle tomba à ses genoux et demanda :

– Ô ma mère, dis-moi : qu'est-ce que la Pierre des Femmes ?

La vieille sursauta :

– Qui t'a parlé de ça ?

– Les veuves...

– Ah ! Les maudites ! Les calamités ! Que leur fiel les consume ! Elles t'ont jeté la mauvaise parole !

– Explique-toi ! supplia Zahima.

– Oui ! Oui ! Mais ne sois pas trop pressée de savoir, va ! Écoute la vérité, et ne crois pas les racontars ! Je vais te dire ce qu'il en est, de cette Pierre des Femmes...

Sache que, lorsque le roi Salomon – que Dieu le bénisse ! – a enfermé tous les génies rebelles dans des amphores, des lampes ou des anneaux, il a choisi d'emprisonner le plus dangereux, Ornias, le maître des génies Vampires, dans une pierre énorme. Cette pierre, il l'a cachée au bord d'un lac ; le lac est au fond d'un gouffre, et le gouffre, au centre d'une des montagnes les plus hautes de la terre, les monts du Pamir, un endroit effrayant, désert et désolé, où les humains sont rares. Il voulait le rayer ainsi du nombre des malfaisants... Mais ce djinn est puissant, et avec le temps une croyance s'est répandue : on dit que, si une femme qui n'a plus de nouvelles d'un être cher part et qu'elle trouve cette pierre, et si elle jette au vampire quelques gouttes de son sang, Ornias la remercie en lui envoyant par vision des nouvelles du disparu...

C'est ce qu'on raconte, et il n'y a pas de doute que presque tout est vrai, sauf ceci : les nouvelles ne sont qu'illusion ! Mon mari l'expliquait ainsi : quand Ornias reçoit les premières gouttes du sang d'une malheureuse, il lui envoie en retour une fumée qui est une sorte de drogue. Entends-tu, ma fille ? Une drogue ! La pauvre se met à avoir des visions, et à croire ce qu'elle voit ! Or, elle ne peut découvrir que les images que son cœur espérait, puisque c'est elle qui les crée ! Et elles n'ont rien à voir avec la réalité ! Cependant, comme son cœur se gonfle d'espoir, elle reste fascinée, veut toujours en savoir plus, et laisse couler son sang !

On dit qu'Ornias ne fait cesser les visions que lorsque la femme s'est vidée comme une outre crevée... Oh ! ma fille ! Pas une n'est revenue. Toutes sont mortes au bord du gouffre... C'est pourquoi on l'appelle la Pierre des Femmes... Crois-moi, n'y va pas ! Oublie tout cela !

– Et pourtant, si ces visions étaient vraies, ô ma mère ?

– Pauvre sotte ! Je vois bien que tu veux y aller, malgré tout !...

Elle soupira tristement, resta un moment silencieuse, et ajouta :

– Au moins, promets-moi ceci : si les visions te plaisent, quitte cet endroit immédiatement ! Ne te laisse pas vider à blanc pour une illusion de bonheur !

– J'essayerai, ô ma mère.

Et Zahima se mit en route pour cette sinistre destination...

## Zahima parle au bord du gouffre

Elle marcha pendant des jours entiers, remontant le fleuve presque jusqu'à sa source, car là se trouvaient les monts du Pamir.

Plus elle s'enfonçait à l'intérieur des terres, plus le paysage se faisait sauvage, dévasté et aride. Lorsqu'elle rencontrait des nomades ou des bergers, et qu'elle demandait sa route, il se trouvait toujours quelqu'un pour la lui indiquer d'un geste furtif et craintif.

Au bout de plusieurs semaines de marche, elle arriva dans un lieu désolé. Nul humain à des lieues à la ronde. Le vent, lugubre, hurlait en permanence, arrachant tout sur son passage. À cet endroit, le fleuve amorçait une vaste courbe creusant des gorges vertigineuses. Au-delà, à l'ouest, les monts du Pamir se dressaient à l'horizon. Zahima abandonna l'eau et s'engagea dans les hauteurs, luttant contre les vents glacés.

Déchirant ses habits, écorchant ses pieds, tremblant de froid, elle avançait toujours. Ses lèvres gercées pouvaient à peine prier. Les larmes gelaient sur ses joues. Le vent la cinglait, hurlant à ses oreilles comme un gémissement des djinns...

Pourtant, cette marche ardue la conduisit au cœur d'elle-même, en une zone de calme et de clarté. Non, elle ne voulait pas mourir comme les autres femmes ! Pourtant, elle voulait savoir aussi... Plus elle marchait, plus elle réfléchissait à la façon de s'y prendre avec le Maître des Vampires. Le vent et la solitude lui donnèrent une audace neuve et lui soufflèrent l'attitude juste.

Un jour, elle arriva à un gouffre innommable, qui s'ouvrait à ses pieds, et au fond elle vit la pierre sinistre, noire de sang séché. C'était là...

Elle s'approcha du bord, se pencha et parla ainsi :

– Ornias, ô Maître des Vampires, je viens vers toi avec respect et dans la paix ! Je connais la force de tes pouvoirs et l'immensité de ta puissance. Mais je suis aussi là pour t'informer de ta mauvaise réputation auprès des humains. *On dit que tu bois le sang des femmes en échange de quelques illusions...*

Elle ménagea un silence habile avant de reprendre :

– Je te propose donc un marché : envoie-moi les nouvelles réelles de mes disparus contre mes larmes de mère et d'épouse, et moi, je dirai partout que tu sais être généreux et véridique. Ta réputation sera transformée, et plus de gens viendront te visiter.

Tu seras moins seul, et si tu sais renoncer au sang et te contenter de la compagnie, tu ne seras plus dangereux, et ta prison se brisera d'elle-même...

Elle se tut et écouta le silence. Un moment passa. Elle entendit un gémissement, et comprit qu'elle avait gagné. Bouleversée, elle pleura en remerciant Dieu de l'avoir inspirée.

La fumée monta, entoura le corps de Zahima, emporta son esprit... Et elle vit...

## Le pays des vents sauvages

Elle vit son mari et ses fils en mer, sur leur bateau, quelques jours après leur départ. Ils luttaient : la tempête était là. Celle qu'elle avait tant redoutée, qui transforme le meilleur vaisseau en coquille de noix dérisoire, prise dans les grands vents. Elle vit la barque éclater sous une vague !

Elle les vit à l'eau, et les compta : ses quatre fils, son homme, perdus !

Mais voilà qu'au lieu de chercher les planches du bateau, les mains des garçons et celles du père se cherchèrent mutuellement et s'accrochèrent. Comme les cinq doigts d'une seule main, ils se soutinrent les uns les autres, luttant contre les éléments.

Pendant des jours, ils nagèrent, s'organisant en quarts de sommeil : chacun dormait à son tour, soutenu par les quatre autres. C'est ainsi qu'ils se sauvèrent...

Et le précaire vaisseau humain avança vers les terres.

Car ils avaient vu la terre, là-bas, à l'horizon.

Enfin, ils accostèrent, firent quelques pas, et se laissèrent tomber, épuisés, sur le sol.

Le père fut le premier à sortir de la prostration. Il secoua ses fils, et ensemble ils explorèrent le rivage. Le roc affleurait partout, nu et coupant. Un vent terrible soufflait sans cesse du grand large, les courbant sur son passage. Ils avancèrent vers l'intérieur, où une ville se dessinait au loin, entourée d'un gigantesque mur d'enceinte. Une porte unique trouait la haute muraille. Ils pressèrent le pas.

Ils entrèrent. Ils étaient dans la rue principale, où se côtoyaient toutes sortes de boutiques. Ils allaient questionner un vieillard assis à côté de son étal lorsque, tout à coup, une clameur se fit entendre, comme un cri d'alarme strident :

– Au vent ! Au vent !

Et, en un instant, à une vitesse inconcevable, la rue se vida et les portes se fermèrent à la hâte.

Les fils et le père restèrent interloqués, bras ballants, au milieu de la rue, quand une porte s'entrouvrit. Le vieillard de l'étal y apparut, fit deux pas, attrapa le bras du plus proche des fils et le tira brusquement vers l'intérieur de sa boutique ; les autres suivirent. Quand tout le monde fut entré, le vieux poussa un soupir de soulagement, immédiatement suivi d'un accès de fureur :

– Mais vous êtes fous ! Vous n'avez donc pas entendu crier ? Qu'est-ce qui vous a pris de rester plantés en pleine rue ? Vous cherchiez la mort ? Un peu plus, et... pffft !

– Excuse-nous, ô vieillard. Nous sommes des étrangers, et nous ne connaissons rien aux usages de ce pays.

– Usages ! Usages ! Ce ne sont pas des usages, ô étranger, qui gèrent notre vie ! Ce sont des dangers !

Puis il se calma et soupira :

– Bien sûr, si vous êtes étrangers, vous ne pouviez pas savoir... Hum... Mais regardez donc dehors. Par la fenêtre ! Par la fenêtre ! N'ouvrez surtout pas la porte !

Tous se penchèrent et virent que les quelques étals qui avaient été abandonnés avaient été emportés par une tornade dévastatrice. Ils tournèrent leurs yeux horrifiés vers le vieux, et ce dernier se mit à expliquer.

– Ce pays est sous le signe du vent, comprenez-vous. Avez-vous vu la terre ? Tout y est désolé. Le roc est à nu : un vent sinistre hurle en permanence, arrachant tout sur son passage et ne laissant même pas de quoi nourrir des chèvres. Il nous cingle les oreilles comme un gémissement des djinns... Mais ce ne serait rien s'il n'y avait pas les rafales. Les rafales, voyez-vous, jeunes gens ! Les rafales ! Ce sont elles qui sont vraiment dangereuses ! Elles emportent tout, même ce qui est lourd ! Si vous étiez restés dehors, on vous aurait retrouvés écrasés à quelques heures de route d'ici : emportés par la rafale !...

Il a donc bien fallu qu'on s'organise pour survivre. Certains de nos jeunes gens se postent un peu à l'écart, hors les murs, observent au large la naissance des rafales et, dès qu'ils en ont repéré une, ils courent nous prévenir. Ils courent plus vite qu'elle – leur survie est à ce prix – et crient... Nous savons que nous avons alors une minute ou deux, pas plus, pour nous abriter... Ceux qui sont trop lents sont emportés !

Ces jeunes, on les appelle les Coureurs de vent. Ils sont choisis parmi les plus rapides. Ils sont honorés comme des rois, car ils sauvent nos pauvres vies... trop souvent en y laissant la leur. Ce sont eux que vous avez entendus crier : “Au vent !” tout à l'heure. Et, sans moi... pffft !

Il eut un geste éloquent suivi d'un sourire plein de bonté :

– Enfin... N'en parlons plus ! Dites-moi plutôt comment vous êtes arrivés jusqu'ici. Les visiteurs sont rares chez nous !

Le père raconta le naufrage, et comment la mer les avait rejetés sur ce rivage. Puis il demanda s'il y avait des bateaux qui fréquentaient ce port, et s'ils avaient une chance de repartir bientôt.

– Ô pauvre ! Ô malheureux ! La saison des rafales vient de commencer. Elle dure environ huit mois, et pendant ce temps nous vivons isolés de tous...

– Oh ! gémirent les quatre fils.

– Mais, rassurez-vous, jeunes gens ! La saison de rafales est suivie par la période calme, pendant laquelle des marchands viennent de loin pour nous approvisionner. Nous manquons de tout ! Rien ne tient sur ce sol, pas même la terre.

Il eut un petit sourire et poursuivit :

– Mais, voyez-vous, le vent a tellement léché le roc, par ici, que les diamants affleurent partout !... C'est notre force et notre richesse. Nous avons fait de la taille notre spécialité, et des capitaines font le détour à la bonne saison pour venir chercher nos pierres.

– Alors, il va falloir attendre...

– Vous êtes mes hôtes !

Et le vieil homme les installa le plus confortablement possible.

La vision s'évanouit.

À la Pierre des Femmes, Zahima, émue, versa des larmes qui tombèrent sur la pierre... La fumée réapparut, l'entoura, et Zahima eut une nouvelle vision...

## Ali et les Coureurs de vent

Elle voyait leur vie s'écouler, tranquille. Ils avaient fait la connaissance des habitants de la ville et étaient bien accueillis partout parce que la tendresse qui les unissait et qui les avait sauvés imposait le respect.

Mais un jour Ali, le plus jeune des fils, s'approcha de son père et le supplia :

– Ô mon père, je voudrais être Coureur de vent !

– Es-tu fou ? Tu n'y penses pas ! Ces jeunes sont les plus rapides d'un peuple qui est entraîné depuis des siècles, et tu voudrais rivaliser avec eux ? Tu mourrais au premier essai !

– Mais ce n'est pas vrai ! J'y suis allé ! Je me suis entraîné avec eux ! Ils n'ont rien d'extraordinaire, et je vais aussi vite qu'eux !

– Je voudrais voir ça !

– Eh bien, viens avec moi...

Le père y alla, pensant se débarrasser de la question en voyant son fils loin derrière les autres. Mais il dut se rendre à l'évidence : Ali allait aussi vite que les plus rapides ! Et il fut obligé de l'autoriser à courir avec eux... Que voulez-vous, on n'arrête pas le cours de la vie !...

Et c'est ainsi qu'Ali devint Coureur de vent.

La vision s'évanouit.

À la Pierre des Femmes, Zahima était atrocement inquiète. Elle en voulait à son mari d'avoir cédé au caprice de son fils. Oh ! si elle avait été là-bas ! Qu'allait-il arriver à cet écervelé ?

Parlant de nouveau dans le gouffre, elle exhorta Ornias à collaborer, et lui rappela qu'il se sauvait en l'aidant... La fumée réapparut, l'entoura, et Zahima eut une nouvelle vision...

## Ali dans les airs

Elle vit Ali, en Coureur de vent, à sa première rafale. Ali courut magnifiquement. Menacé par le danger imminent, il donna son maximum, resta parfaitement concentré et fit honneur aux siens.

La deuxième fois, il en fut de même. Et de même à la troisième. Puis l'habitude se fit routine, et la routine relâchement... Et pour un Coureur de vent, le relâchement, c'est la mort.

Ali se relâcha un peu trop, se crut trop vite arrivé, et il fut emporté...

La rafale lui fit faire des volte-face et des culbutes à une allure vertigineuse... Tantôt il voyait le sol, tantôt le ciel. Mais à chaque fois que le sol s'offrait à sa vue, il constatait qu'il était plus loin et plus haut que l'instant d'avant. Il s'élevait, s'élevait, et allait sans doute atteindre bientôt les hauteurs où l'on suffoque.

Il ferma les yeux. Une rage folle l'envahit, qui ne venait pas du tout de l'idée qu'il allait mourir, mais du fait qu'il s'était laissé surprendre comme un débutant. Ah ! les autres allaient bien rire de lui ! S'endormir sur le chemin, alors que la rafale le collait presque ! Il se mordit les lèvres de honte. Puis, tout à coup, il se souvint : il n'allait pas faire rire, puisqu'il serait mort... Il en sourit presque : sa mort rachèterait sa bêtise et lui épargnerait l'humiliation... Telles étaient ses pensées : il avait quatorze ans, l'âge des honneurs susceptibles...

Mais, soudain, Ali cessa de penser. Honneur ou pas honneur, tout s'arrêta : il tombait ! Voilà. Il tombait !

La vision s'évanouit.

À la Pierre des Femmes, Zahima hurla de détresse. Mais cette fois, Ornias renouvela plus vite la fumée... Et la vision de Zahima reprit...

## Ali et Ibrahim, le Dompteur de vent

Ali tombait encore... Tout à coup, il sentit une douleur terrible lui brûler le poignet. Malgré la douleur, dans sa demi-inconscience, il comprit pourtant ceci : il ne tombait plus.

Il ouvrit les yeux. À ses côtés, planant dans les airs, se tenait un homme aux yeux étrangement profonds. C'était lui qui avait stoppé sa chute en le retenant par le poignet.

– Alors, petit, ça va mieux ?

– Qui êtes-vous ? Comment vous faites pour flotter, vous ?

Ali était émerveillé.

– Je m'appelle Ibrahim. Je suis magicien. Mes pouvoirs sont insondables... Entre autres, je suis Dompteur de vent. Je “vois” le vent, ses routes, ses élans, ses cascades, je sais les suivre, m'y couler, et le vent me porte comme le plus simple des oiseaux...

– Ah ! Ça alors !

Ibrahim sourit de l'enthousiasme du jeune garçon.

– Oui... J'attends les rafales pour m'y aventurer quelquefois. Le plaisir est plus grand que par vent ordinaire... Mais sache, petit, que je ne serai pas toujours là pour te rattraper en pleine chute libre ! Tu étais Coureur de vent, n'est-ce pas ?

Ali se renfrogna quelque peu :

– Oui...

– Eh bien, tu ne le seras plus. C'est moi, Ibrahim le Dompteur de vent, qui te l'interdis. Tous me connaissent, en bas. Et tous m'honorent. Ne t'avise pas de passer outre !... Bon. Je vais te redescendre en douceur, maintenant. Tu me déséquilibres. Ne bouge pas tant, ce n'est pas si facile !

– J'écoute et j'obéis, ô Dompteur.

Ali fut déposé sur le sol, en larmes mais sain et sauf. Et Ibrahim disparut, majestueux et céleste, dans les airs.

Ali accepta l'interdiction sans rechigner. Il était un peu déçu de ne plus pouvoir partir avec ses compagnons ; cependant il avait entrevu la mort de trop près pour prendre encore cette course pour un jeu. Au contraire, dans son désœuvrement, il rêva de trouver une idée ingénieuse qui leur éviterait à tous de risquer encore leur vie.

La vision s'évanouit.

À la Pierre des Femmes, Zahima respirait mieux. Elle souffla un moment. Puis appela Ornias. La fumée réapparut, l'entoura, et elle eut une nouvelle vision...

## Ali et la conque des tempêtes

Un jour, Ali marchait sur la plage quand il eut l'idée fulgurante de construire une conque, comme celles qui servent de cornes de brume, en mer. Il la voyait déjà, énorme, dressée face au vent, sur la plage. Les rafales s'y engouffraient et sonnaient l'alarme d'elles-mêmes ! Ainsi, les Coureurs de vent n'auraient plus à mettre leur vie en péril.

Il rentra chez lui en courant exposer son projet. Ils rêvèrent ensemble toute la soirée. Le lendemain, son père transmit l'idée aux anciens, tandis qu'Ali et ses frères se lançaient sur la plage pour tenter de récupérer les restes de bois qui venaient de leur bateau.

L'idée fut reçue comme une inspiration divine. Les rôles furent distribués. La conque serait faite en terre cuite ; les femmes modèleraient, lisseraient et cuiraient les plaques, les hommes les agenceraient, reproduisant les courbes du coquillage.

La ville entière fut bientôt unie dans ce travail titanesque. Un espoir fou remplissait tous les cœurs, et on priait en rendant grâce pour ces étrangers que la mer avait envoyés pour sauver leur jeunesse.

Le trou par lequel le vent s'engouffrait, la grosseur de la conque ainsi que sa forme exacte devant être calculés minutieusement, Ibrahim lui-même descendit de ses sphères pour la circonstance. Il était le seul à pouvoir définir parfaitement les justes proportions. La conque devait être sensible aux rafales, mais ne pas réagir aux vents ordinaires ; sinon, elle aurait trompeté sans cesse !

Très satisfait des effets de son interdiction, il tapota amicalement au passage l'épaule d'Ali, lui signifiant ainsi son approbation.

Un échafaudage fut dressé sur la plage, et les marins l'arrimèrent solidement. La conque fut construite dessus, jour après jour. Le chantier dura deux mois.

Enfin arriva le jour où tout fut prêt. Un silence tomba sur la foule : tous admiraient l'œuvre majestueuse, imposante, dressée face à la mer comme une oreille attentive.

La vision s'évanouit

À la Pierre des Femmes, Zahima s'assit. Écouta le désert. Respira. Puis, se relevant, elle demanda à Ornias d'envoyer la fumée. Et la vision réapparut...

## Ali et le chant des cristaux

Elle vit les vieux du village, qui demandaient aux Coureurs de vent de se poster prudemment à leur place habituelle, tant que l'ouvrage n'avait pas fait ses preuves.

À la première rafale, ils crièrent donc encore : “Au vent !” Mais personne ne les entendit, car le son le plus fabuleux qu'ait jamais entendu oreille humaine couvrit leur voix.

La conque, telle une colossale trompette, avait fait vibrer l'écorce terrestre ! Et les diamants contenus dans le roc de granite nu avaient chanté !

Les hommes et les femmes se prosternèrent, certains d'avoir entendu le son qui unissait ciel et terre : la prodigieuse gravité de la conque unie aux harmoniques pures et cristallines des diamants créait un chant céleste.

La rafale passée, le joie éclata dans la ville. Ali fut le roi d'une fête qui dura sept jours. Son père, ses frères et lui furent honorés, non seulement comme ceux qui avaient libéré la jeunesse d'un trop grand risque, mais aussi comme ceux qui leur avait fait connaître une musique céleste !

La vision s'évanouit.

## Fin de l'histoire de Zahima : naissance d'Ibrahim la Main blanche

À la Pierre des Femmes, Zahima douta soudain d'une fin si douce : était-ce vrai ? Tout cela n'était-il pas une trop belle histoire ? Ornias ne lui mentait-il pas ? Elle le rappela à l'ordre :

– Ne me trompe pas, Ornias, car tu te perdrais pour toujours ! Je t'ai demandé la vérité. S'ils sont morts, je préfère le savoir.

La Pierre frémit. Elle avait visé juste. Ornias mentait ! Elle cria :

– Ils sont morts ? Dis-moi la vérité, ô perfide !

Mais Ornias joua sa dernière carte sans répondre clairement. La fumée s'éleva à gros bouillons, emplissant tout le vide, montant au-dessus de la plaine, faisant la nuit en plein jour.

Zahima prit peur.

Soudain, au cœur de cette fumée, elle vit des volutes blanches, des passerelles, des ponts, transparents comme le cristal. Et au loin, très loin, dans les courbes, elle aperçut un homme qui évoluait avec élégance, comme dansant sur un pont de cristal, et qui semblait venir à sa rencontre : Ibrahim ! Le Dompteur de vent ! Il traversait l'espace, il marchait dans le ciel. Il arrivait !

Quand il fut au-dessus d'elle, subjuguée, elle le pria :

– Ô Ibrahim ! Où sont-ils ?

Et il dit la vérité :

– Ô fille, je ne sais rien de leur réalité. J'appartiens à ton rêve ! Ornias te trompe encore !

– Non ! refusa-t-elle en hurlant. Tu es vrai !

Et d'un geste violent et imprévisible, elle le saisit par le poignet et le tira de toutes ses forces vers la terre...

Et il "sauta de monde" en quelque sorte, passant du monde de son rêve à celui de notre réalité... Car elle avait mis tant d'espoir dans cet homme qu'elle l'avait amené tout près de la vie. En le tirant ainsi, elle le fit naître...

Mais comme Zahima l'avait serré trop fort au poignet, le sang ne put circuler, et la main d'Ibrahim resta du côté du rêve, demeurant transparente et ne trouvant pas sa charge de réalité...

Voilà comment naquit, d'une femme mais non d'un ventre, celui qu'on appela désormais Ibrahim la Main blanche... »

## Retour au désert : Tofaïr ressemble à la main d'Ibrahim

Tofaïr avait achevé son récit. Il regarda autour de lui, vit les garants encore dans le rêve, et Ibrahim, qui souriait. Le ciel s'était éclairé derrière la bâche. Le vent était tombé, la tempête passée...

Une question fusa :

– Et les marins ? Quelle est leur vraie histoire, alors ?

C'était le plus jeune des garants. Tofaïr sourit finement :

– L'histoire ne dit pas s'ils sont morts ou vivants... Zahima entrevit-elle une partie de la réalité, ou sa vision fut-elle pure fantaisie, nul ne le sait. Les vit-elle revenir, chargés de diamants, au bout de quelques mois, ou jamais, à vous de choisir... Hé ! Hé ! Je vous laisse encore une histoire trouée...

Le silence se fit sous l'abri, chacun choisissant la fin qu'il préférait. Tofaïr sortit tout à fait de son rêve. Ibrahim fut le premier à parler.

– Sans doute fut-elle trop impressionnée par ce miracle pour pouvoir parler au Dompteur de vent, dit-il en souriant.

– Oui, en effet, approuva Tofaïr, je ne les vois pas se parler. L'histoire semble vouloir qu'ils partent chacun de son côté.

– Et c'est bien ainsi... Hum... Quel homme étrange tu viens de créer, petit ! murmura Ibrahim. Quelqu'un qui naît d'un rêve... Qui ne sait rien de lui-même...

Un autre silence s'ensuivit. Tout le monde méditait... Enfin, quelqu'un pensa tout haut :

– Crois-tu qu'il fut heureux ?

Tofaïr allait répondre ; mais Ibrahim le précéda :

– Quand sa main se chargea de réalité, il sut qui il était, et il fut heureux, oui, très heureux.

Ibrahim venait de dire « se chargea de réalité ». « Il sait de quoi il parle, pensa Tofaïr. Il parle de lui, et non plus du personnage. Al Razam et l'empereur ont vu sa main quand elle était à demi transparente, blanche. Maintenant, sa main est pleine. Il en reste juste ce souvenir, que j'ai perçu...

Sans doute ai-je inventé quelque chose d'assez proche de sa réelle naissance, pensa-t-il encore. Pas exactement, bien sûr, mais avec des points de vérité... »

Tous s'installèrent pour la nuit. En préparant ses affaires, Tofaïr voulut finir son histoire, pour dormir l'esprit tranquille. Il accorda à Zahima sa propre faculté d'inventer en frôlant la réalité. Donc, cela voulait dire que les marins allaient revenir au bout de huit mois, chargés de diamants ; que les veuves seraient jaunes de jalousie ; et qu'Ornias, n'ayant pas menti, commencerait sa propre libération. Voilà. Son histoire finissait bien. Il se sentit heureux.

Il s'allongea, calme, et repensa à ce « il sut qui il était, et il fut heureux » en regardant les étoiles... Alors le « c'est confus... » revint travailler son esprit.

Il allait s'endormir là-dessus quand le vieux guide vint s'allonger à côté de lui et chuchota à son oreille :

– Tu ressembles à ma main, mon fils... Ne t'inquiète pas. Toi aussi, un jour, tu rempliras de réalité le vide qui est en toi... Et, tu verras, c'est délicieux !

Il lui sourit tendrement et s'enfouit sous sa couverture.

Et Tofaïr resta les yeux grands ouverts dans la nuit, ému sans comprendre pourquoi.

## Tofaïr et les perles

La tempête passée, la caravane se remit en route, et le voyage continua paisiblement.

Or Tofaïr avait remarqué que tous les soirs, au bivouac, à cette heure propice où chacun s'affaire pour soi-même ou bien rêvasse tranquillement de son côté, le vieux guide sortait une bourse de sa poche, s'asseyait en tailleur, se mettait à farfouiller dans son turban et en extrayait trois vrilles d'une finesse inouïe. Puis de sa bourse il sortait une perle fine, plus minuscule que fine, même, ou pour mieux dire, quasiment imperceptible à l'œil.

Il la calait entre son pouce de pied et l'orteil suivant ; ainsi, la perle devenait tout à fait invisible – mais peut importait à un « aveugle » –, et il se mettait en devoir de la percer à l'aide de la plus fine de ses vrilles. Ses gestes étaient précis et méticuleux. Sans que jamais sa main tremble, il abordait le moment délicat de l'amorçage du trou avec une lenteur extrême pour éviter de rayer la perle, ce qui l'aurait irrémédiablement gâchée.

Tofaïr restait toujours bouche bée devant ce qui lui faisait penser à un fakir en train d'enfiler une puce sur un cheveu. Il admirait certes la beauté du geste, mais doutait de son utilité ; si bien qu'un soir, n'y tenant plus, il demanda :

– À quoi ça te sert de percer des perles aussi minuscules ? Elles n'ont aucune valeur !

– Tu crois ça, petit ? Eh bien, tu te trompes !...

Il se tut une seconde et souffla :

– Ahmad dort ?

Tofaïr vérifia et confirma :

– Ahmad ronfle.

– Alors, assieds-toi là. Je vais t'expliquer la deuxième meilleure ruse de ma vie !

Tofaïr sourit de plaisir et s'empressa de s'asseoir, oreille attentive et mine réjouie.

– Tu vois, petit, Ahmad me paye pour mes traversées ; il me paie en perles – Dieu sait de quelle provenance ! Au début, il me donnait une bourse pleine de perles d'un gros calibre. Je pris l'habitude de les percer tous les soirs, à la halte, et lorsqu'on arrivait en Inde, j'allais les vendre au souk des joailliers et en tirais bon prix.

Mais bientôt Ahmad – tu sais à quel point il est avare – a commencé à réduire le calibre des perles, pensant stupidement que je ne m'en apercevrais pas. J'ai choisi de ne pas réagir, le laissant faire, sans broncher, mettant ma confiance en l'ordre divin.

Or, en faisant ce choix, j'ai orienté sans le savoir ma fortune dans le sens d'une incroyable prospérité !

Car Ahmad s'est déshonoré au point de me payer avec des perles minuscules. Bien. Qu'à cela ne tienne ; j'ai relevé le défi et continué à les percer, imperturbable. Simplement, j'ai adapté mon matériel : j'ai fait fabriquer des vrilles aussi fines qu'un cheveu, taillées dans un métal très dur.

Or retiens bien ceci : sans le temps dont on dispose dans le désert, sans la patience qui vient comme seconde nature avec la cécité, ces perles auraient été tout bonnement imperçables, même avec les meilleurs outils.

Tellement imperçables, que ce que je faisais tenait du miracle.

Bien. Maintenant, écoute : de l'autre côté de ce désert, c'est l'Inde, où les femmes ont la finesse et la souplesse du roseau. Mais la princesse Dévayani, fille du roi de l'Inde, a la souplesse et la finesse de la tige de lotus sur le lac. Et, de tous ses attraits, la finesse de son cou est le plus remarquable.

Elle sait le mettre en valeur par des bijoux très purs et très discrets.

Elle a beaucoup de très belles parures, mais aucun collier de perles. Les joailliers qui la fournissent ont bien des perles de la finesse désirée, mais non percées. On les colle en barrettes, en broches, c'est tout.

Et voilà ! Tu devines maintenant comment la justice est venue vers moi... Lorsque je suis arrivé en Inde avec mes fameuses perles, la princesse s'est émerveillée, me les a achetées et a réservé toutes mes futures livraisons !

À présent, chaque fois que j'arrive en Inde, je sais que je procure un plaisir énorme à la plus douce des jeunes filles... C'est très agréable, dit le vieux avec un petit sourire attendri. Et ces perles sont pure rosée sur le cou de Dévayani...

Il éclata d'un petit rire heureux, se tourna vers Tofaïr, le visage rayonnant, et dit :

– La vie est magnifique, hein ?

Tofaïr reçut ce soir-là toute la lumière qui émanait de cet homme. Et lorsqu'il s'endormit, il rêva à la rosée...

# En Inde

La route se poursuivit, les jours passèrent sans qu'aucun événement notable se produisît. Enfin, la caravane arriva aux portes de la capitale indienne. Déjà, on entendait les cris des enfants, les invites des marchands, les psalmodies des indigents, et Tofaïr frétilla d'aise de retrouver la ville.

Cependant, Ahmad s'approcha de lui et demanda d'un ton sec :

– Jeune homme, comment vas-tu payer ton passage ?

Tofaïr resta suffoqué :

– On n'avait pas parlé de paiement, à Chiraz !

– Ô naïf ! ô profiteur ! Où te crois-tu ? Je t'ai nourri, tu as profité du guide, de la compagnie, de la sécurité du voyage, et j'en passe... On ne parasite pas Ahmad, pou du pou ! Il faut payer.

– Mais...

– Si tu n'as pas d'argent, ô réduit, tu nous aideras à décharger les bâts des chameaux et à les déposer dans nos entrepôts pendant trois jours. Et ce n'est pas cher payer, vu tes muscles, ô fils du fil !

Tofaïr avait un peu d'argent, la bourse qu'il avait gagnée de ce même Ahmad à Chiraz, mais il lui fallait vivre avec dans la ville indienne, payer le khan... Il choisit de décharger en soupirant.

– Ne gâche pas ton souffle, lança Ahmad en partant, tu en auras besoin.

Tofaïr partit d'abord en quête d'Ibrahim pour lui raconter son infortune.

– Oh ! murmura Ibrahim. Un petit contretemps... Bon...

Et il resta silencieux. Tofaïr s'apaisa.

– Et toi, ô vieillard, où vas-tu maintenant ?

– Hé ! Mais tu le sais bien ! Je vais m'installer au khan, et ensuite je me rendrai directement au palais, chez la princesse Dévayani...

Le jeune homme eut un tel regard d'envie que le vieux éclata de rire et dit, énigmatique :

– Les voies de la destinée sont impénétrables, ô mon fils ! Qui sait ce que l'avenir te réserve ?

« À chaque fois qu'il ne veut pas répondre, il parle des voies de la destinée », remarqua Tofaïr. Et il se renfrogna, car pour lui l'avenir immédiat promettait d'être éreintant.

Pourtant, il s'exécuta, et retarda de trois jours son assaut de la ville...

## Tofaïr chez le barbier

Or, lorsqu'il se trouva enfin libre, et seul, Tofaïr vit qu'en réalité il n'était pas seul : il avait laissé s'agglutiner sur lui la vieille crasse sèche du désert, la jeune crasse mouillée de l'effort, une barbe qui le vieillissait de dix ans, et quelques hôtes incongrus qui étaient venus se nicher dans les plis de son corps !

Il chercha un hammam, se délectant à l'avance à l'idée de suer d'une sueur propre dans le sauna, de se remettre entre les mains des masseurs, shampouineurs, laveurs, rinceurs, essuyeurs, parfumeurs et autres experts en l'art de vous ôter la fatigue en même temps que la crasse, de vous nettoyer la première peau, la deuxième peau et quasiment les os, pour finir en beauté et en jeunesse retrouvée entre les mains du barbier.

Pendant sa promenade, il remarqua une chose étrange et angoissante : toutes les rues, toutes les devantures des échoppes, toutes les maisons particulières étaient drapées de tentures de deuil. Les habitants eux-mêmes avaient l'air désespéré, et un silence morbide régnait jusque sur les marchés. Personne n'osait élever la voix, et les femmes marchaient à pas feutrés.

Dans l'embrasure d'une porte cochère, un petit enfant se mit à chantonner un air mélancolique. Alors, une vieille femme accourut aussitôt vers lui et le gifla ! Le chant s'arrêta net, et le silence se fit plus présent d'avoir un instant disparu.

Tofaïr s'indigna de cette gifle. Que se passait-il donc de si grave pour qu'on ne laissât même pas un enfant chantonner ?

Il se réjouit d'avoir besoin du barbier. Car, c'est bien connu, les barbiers sont une source intarissable d'informations, renseignements, secrets et calomnies. Or, pour approcher de cette source miraculeuse, il suffisait d'avoir une barbe à tailler et d'échanger une bouche fermée – la sienne – contre une bouche ouverte – celle du barbier.

Tofaïr accéléra l'allure, trouva un hammam, passa moins de temps aux bains, massages et rinçages et alla s'installer sur le fauteuil du barbier.

Pendant que ce dernier le badigeonnait de mousse, il réussit à poser sa question à travers le savon :

– Ô barbier, le roi est-il donc mort aujourd'hui, pour que toute la ville soit en deuil ?

Le barbier, tout en s'armant de son rasoir, s'écria :

– Comment ? Tu ne sais pas quel malheur s'est abattu sur le pays ? Un terrible malheur, ô étranger ! Une catastrophe épouvantable !

Il se tut et rasa.

Tofaïr sourit. Il avait reconnu les manières d'un bon conteur qui se fait prier. Il décida de le taquiner un peu :

– Raconte-moi ça en bref, je suis pressé.

C'était un peu vrai, il avait hâte d'aller se promener dans la ville indienne, y flairer ses épices, sentir l'ambiance.

Le barbier se renfrogna, il détestait être bref. Il réfléchit un instant et, rasoir en main, l'œil malicieux, il choisit d'être énigmatique :

– Quand un roi préfère à la mort d'un peuple la mort d'un seul homme,

cela s'appelle un combat singulier.

Mais quand l'élu disparaît avant le combat,

cela s'appelle la honte...

Tofaïr se répéta l'énigme à mi-voix, et tenta une traduction :

– Si j'ai bien compris, ton peuple est en guerre, ton roi avait choisi la solution du combat singulier et nommé son champion, mais celui-ci s'est défilé au dernier moment. Quelle misère ! Quelle honte, en effet, pour un homme de guerre !

– C'est qu'il n'était pas un homme de guerre..., répondit le barbier sibyllin.

– Pas un homme de guerre ? Pour un combat de champions ?

– Non..., jubila le barbier, qui sentait qu'on avait mordu à son hameçon.

– Et quoi alors ?

– Un magicien !

– Un magicien ? C'est bizarre... Bon, tu as gagné ! dit Tofaïr, intrigué. Raconte-moi ça en détail !

Ah ! le bon garçon ! Le barbier rosit de plaisir, toussa d'émotion, prit son air docte mais modeste, et commença son récit.

En Inde

# Histoire de la guerre des mages racontée par le barbier

« Sache que depuis des temps immémoriaux la guerre sévissait entre notre pays et la Perse : une guerre sourde, n'en finissant pas, où alternaient les trêves, les paix fragiles et la reprise des hostilités, en un cycle perpétuel et lancinant. Tel était déjà l'état de fait du vivant du vieux roi, le père de notre roi actuel. Quant à moi, je ne remonte que jusque-là, mais les anciens parlent encore des massacres aux frontières du temps de leurs grands-pères, c'est te dire !

Or depuis l'avènement de notre roi, la paix semblait s'être installée et se maintenir plus sûrement qu'à l'ordinaire. Timidement d'abord, puis avec plus d'assurance, le peuple se reprit à espérer. Bientôt, la popularité du roi atteignit de tels sommets qu'on le surnomma Soleil de Paix. Et à partir de ce moment, le peuple, si longtemps décimé par la rage guerrière, épuisé, las et écrasé, se mit à croire que la paix allait durer toujours.

S'appuyant sur cette foi nouvelle, le commerce reprit entre les deux pays, ce qui décupla la confiance du peuple. Les femmes enfantèrent de nouveau – elles n'ont jamais aimé enfanter pour la guerre.

Si celle-ci dure trop, leurs ventres se ferment tout naturellement...

Mais voilà ! Le bonheur ne dure jamais longtemps... C'est quand on se croit tranquille et installé dans la prospérité qu'il faut se méfier ! Et nous, nous nous croyions en pleine paix alors que la guerre était à nos portes...

Lorsque la nouvelle s'est répandue que la guerre allait reprendre, le peuple a grondé. Et je ne sais si c'est la pitié pour ses sujets, déjà pressurés, la crainte d'une révolte, ou Dieu lui-même qui inspira le roi ; en tout cas, il lui vint une idée. Il proposa au roi de Perse de remplacer l'affrontement traditionnel des armées par un combat de champions, choisis chacun par son roi. Deux hommes combattraient pour deux peuples. On compterait un mort au lieu d'une foule de morts. Et celui des deux pays dont le champion vaincrait imposerait ses conditions.

Le roi de Perse trouva l'idée bonne et l'accepta. Chez nous, le peuple exulta. Mais, hélas, la joie était prématurée.

Car le roi de Perse nous réservait une surprise, qu'il soit maudit ! »

Le barbier s'arrêta un instant pour raser une fine lamelle de barbe et affûter son rasoir, ménageant son effet, et reprit :

– Donc, le roi de Perse, puant la ruse, fit savoir à notre roi qu'il acceptait le principe d'un combat de champions, à condition qu'en lieu et place des champions de guerre, on opposât plutôt des champions de magie. Le combat serait un combat de magiciens, ou ne serait pas ! Il avait pour sa part choisi le plus grand magicien de son pays, de tous les pays et de tous les temps, Al Razam le Guèbre, la lumière des mages !

Tofaïr sursauta violemment.

– Eh ! Tiens-toi donc tranquille ! A-t-on idée de faire des bonds pareils ! Je t'ai coupé, voilà !... Attends, je vais t'arranger ça...

Pendant qu'on le soignait, Tofaïr pensa au Guèbre. Depuis le début de son aventure, sa vie était si riche qu'il avait oublié ceci : il avait laissé derrière lui un Al Razam le Guèbre fou de rage !

Mais enfin ! Il l'avait laissé derrière... Comment pouvait-il donc être devant ? Le diable d'homme... Anéantissait-il les distances ?

La coupure était bénigne, et Tofaïr fut raccommodé en un rien de temps ; mais il restait agité.

– Où en étais-je ? demanda le barbier.

– Au Guèbre..., répondit Tofaïr, lugubre.

– Ah oui !... Donc, quand le Persan a proposé sa ruse, notre roi ne s'est pas méfié : il ne connaissait pas ce Guèbre. En revanche, il connaissait bien l'immense puissance des magiciens indiens, et il a pensé que le Persan était d'une imprudence folle de les défier : l'Inde est le berceau de la magie, tous les plus grands mages en sont sortis !

– Mais, dis-moi, l'interrompit Tofaïr, qui suivait son idée, le Guèbre est-il ici ?

– Bien sûr qu'il est ici ! Puisque le combat doit avoir lieu aujourd'hui même ! Le roi persan attend aux portes avec son champion et sa cour ! C'est notre homme à nous qui n'est pas là ! Te rends-tu compte ? Ce soir, nous aurons perdu sans même avoir combattu ! Voilà pourquoi la ville est en deuil...

Le barbier poussa un profond soupir chargé d'amertume et rasa quelques poils de barbe en silence.

Le cœur de Tofaïr se recroquevilla. Tout le blessait : autant sa propre humeur que cette triste fin pour la paix indienne. Il pensa au champion indien et demanda :

– Mais votre champion, qui est-ce ? Qui donc le roi a-t-il choisi pour faire face au Guèbre ?

## Le choix du champion

« Oh, répondit le barbier, ce n'est pas le roi qui a choisi son champion. Il n'y connaît rien en magie ! Non ! Il a convoqué dans la capitale tous les sages du royaume, tous les astrologues, les mages, les savants ! Ils arrivèrent de tous les coins du pays, par petits groupes ou bien seuls. On les reconnaissait de loin, malgré l'extrême discrétion et la grande simplicité qu'ils semblaient affectionner, à leur présence troublante. Le palais fut immédiatement entouré d'une aura de puissance quasiment perceptible à l'œil nu. L'air trembla. On dit même que les pierres du palais résonnèrent étrangement à leur passage, émettant une sorte d'archaïque chant de bienvenue. On devinait qu'ils auraient pu faire éclater le monde à chaque instant si tel avait été leur désir. De mémoire humaine, on n'avait jamais connu une telle concentration de pouvoirs en un même lieu.

Le roi lui-même en fut impressionné. Il se hâta de les accueillir, leur offrant une hospitalité royale et respectueuse. Puis il leur exposa la raison de sa convocation :

– Ô nobles savants, je vous ai appelés au secours du pays, ne doutant pas de votre loyauté. Je sais que nombre d'entre vous n'ont plus guère l'occasion de fréquenter le commerce des hommes et les désordres du monde. Cependant, j'ai besoin de vous pour servir le bien et la paix. C'est pourquoi je me suis permis de vous faire sortir de vos saintes retraites.

Sachez qu'avec le roi de Perse nous avons d'un commun accord décidé de nous battre une fois encore, la dernière. Et pour ne pas répandre le sang de mes sujets, qui m'est si cher, j'ai proposé un combat de champions. Or le roi de Perse, qui a le fiel du serpent, m'a contraint à accepter un arrangement qui vous met, vous magiciens, en première ligne : plutôt qu'un combat de guerriers, il a imposé un combat de magiciens, et a déjà quant à lui nommé son héros. Il s'agit d'Al Razam le Guèbre... Je vous ai donc réunis ici pour que vous choisissiez parmi vous celui qui pourra s'opposer en vainqueur à cet homme dont la redoutable réputation est parvenue jusqu'à moi.

Un silence lourd répondit au discours du roi. Comme il se prolongeait, le monarque montra des signes d'inquiétude.

– Acceptez-vous de relever le défi, ô hommes de puissance ? Le destin du pays est entre vos mains !

Alors celui qui était le plus âgé et le plus sage de l'assemblée, celui que les autres appelaient simplement l'Ancien, se leva et dit :

– Je prends la parole au nom de tous. Sache que si nous sommes restés silencieux, ce n'est pas que nous refusions de t'aider, ô Roi du temps, mais bien parce que nous connaissons tous Al Razam le Guèbre : il fut le disciple de chacun de nous et acquit sa science à nos côtés. Seulement, et voici la cause de notre silence, il n'a jamais quitté un seul d'entre nous sans l'avoir égalé dans sa science et être passé maître lui-même. Or, comme il est venu nous voir tous, je te l'avoue en clair : cet homme est aussi fort à lui seul que nous tous réunis dans cette pièce.

– Que Dieu nous protège ! gémit le roi. Comment faire, alors ? C'est donc la fin du royaume de l'Inde ? N'y a-t-il aucune solution ? N'y a-t-il personne ?

L'Ancien devint rêveur un instant ; puis il parla comme s'il pensait tout haut :

– Le seul être au monde à surpasser Al Razam, c'est son dernier maître, celui auprès duquel il est resté trop peu de temps pour parvenir à l'égaler. Celui qu'on appelle Ibrahim la Main blanche... Mais, malheureusement, il a disparu, et nul ne sait où il se cache...

– Ne peut-on pas le trouver ?

– Oh non, Roi du temps ! Les sages qui souhaitent se cacher sont introuvables. À moins qu'ils ne veuillent être trouvés...

– Il doit bien être quelque part, pourtant ! insista le roi. Nous œuvrons pour la paix ! Il faut lui demander d'intervenir !

– On ne demande pas officiellement à un sage d'intervenir, Majesté. On n'ordonne rien à un sage. Il agit quand il l'estime juste. Ses actions sont en accord avec l'ordre cosmique du monde. Il est pénétré du sens de la vie. Il conseille la bonne personne au bon moment, ou bien fait un geste infime, un acte discret, un rien, mais ce rien infléchit le cours des événements.

– Alors, il n'y a aucune chance ? demanda encore le roi.

– Le sage est celui qui donne une chance de plus, Roi du temps.

– Hum... Je comprends, dit le roi.

Il resta en silence avant de reprendre :

– Alors, laissons venir... Réfléchissons à ce que nous pouvons faire de notre côté, au mieux de nos possibilités !...

L'Ancien se tourna vers ses confrères. Tous portaient la désolation sur leur visage. Il décida alors :

– Ô Roi du temps ! Nous allons lutter. Tous ensemble, en unissant nos sciences, nous allons chercher. Nous allons interroger les oracles et les astres. Donne-nous huit jours pleins. Il ne faudra nous déranger sous aucun prétexte. Les plats de cuisine seront déposés aux portes, et nous nous servirons seuls. Personne ne devra passer l'enceinte de cette pièce où tu nous as réunis et où nous resterons. Fais-nous installer cinq ou six lits de repos. Car nous ne dormirons qu'à tour de rôle, pour ne pas perdre de temps et ne pas laisser se désagréger la force des faisceaux que nous unissons dans notre veille et qui remplit déjà cette pièce. Au bout des huit jours, nous te ferons connaître le résultat de nos recherches. Pendant ce temps, garde espoir ; mais ne t'attends pas à un miracle...

– Il en sera fait comme tu le demandes, ô vénérable ! Et que la force de Dieu se conjugue à la vôtre !... Je vais immédiatement donner des ordres.

## Mayananda et la confusion

Nul ne sut jamais ce qui se passa dans cette pièce pendant ces huit jours. De temps à autre, on voyait un petit groupe de mages en sortir pour monter sur la terrasse étudier les astres. Alors, personne n'osait plus bouger dans le palais tant qu'ils n'avaient pas regagné leur pièce.

Les cuisiniers qui montaient déposer les plats à la porte évitaient de prononcer ne fût-ce qu'une parole, de peur de déranger les esprits magiques qu'ils imaginaient remplir la pièce. Et ils n'avaient rien de plus pressé que de repartir sur la pointe des pieds, respirer au plus vite un air moins chargé.

Ce sont eux qui répandirent la rumeur que les magiciens invoquaient les génies. Ils affirmaient avoir entendu à travers la porte des bruits étranges, des martèlements sourds et effrayants, et même des gémissements.

Ainsi, le palais vécut pendant huit jours sous l'emprise de la peur de l'innommable. Mais comme chacun savait que les magiciens travaillaient à sauver le pays, tous supportèrent cette attente, terrorisés mais patients.

Enfin vint le huitième jour, et l'Ancien fit appeler le roi.

En entrant, celui-ci fut surpris de ne pas trouver dans la pièce plus d'habitants qu'au premier jour. Tout était en ordre, et si ce n'était cette odeur tenace d'herbes magiques, on n'aurait jamais pu soupçonner que cet endroit avait servi d'antre aux forces de l'invisible !

Le roi s'assit et attendit que l'Ancien prît la parole. Son visage reflétait le même mélange d'inquiétude et d'espoir.

– Ô Roi, dit l'Ancien, nous avons cherché comme nous te l'avions promis. Je te ferai grâce des détails, pour ne te donner que les résultats. Voici : un seul parmi nous a une chance de vaincre Al Razam. Et il s'appelle Mayananda.

Le roi suffoqua et se leva d'un bond :

– Comment ? Mayananda ? Le frère de lait de ma fille, le fils de sa nourrice ? Je le connais, c'est un jeune homme ! Il a l'âge de Dévayani ! Il a été élevé au palais avec elle. C'est absurde !

Il se calma un peu et continua :

– Je sais bien qu'il étudie avec vous depuis longtemps, qu'il est de vos disciples. Il a d'ailleurs entraîné ma fille dans ses études, et tous deux en sont passionnés... Je ne mets pas non plus en doute qu'il puisse être un jour un grand savant, mais à cette heure, il me semble... fragile... Je ne comprends pas votre choix ! Pas du tout !

– Ô Roi, j'entends ta perplexité, répondit tranquillement l'Ancien. Sache que nous n'avons pas choisi Mayananda pour envoyer à la mort un plus faible que nous.

– Non, je sais bien ! fit le roi, se calmant soudain. Je vous fais confiance. Mais j'ai besoin de comprendre. Expliquez-moi les raisons qui vous ont amenés à un choix en apparence si absurde !

L'Ancien sourit :

– C'est ton droit, ô Roi du temps, et je vais te répondre. Nous avons d'abord tenté de mesurer nos chances face au pouvoir du Guèbre, et ça n'a donné que ce que nous savions déjà, et notamment qu'il est plus fort que nous tous réunis.

Mais j'ai pensé ceci en mon cœur : quelle que soit sa puissance, un homme reste un homme. Et à chaque homme sa faille... Trouvons celle du Guèbre, et nous saurons comment le combattre. Usons de ruse, comme il se doit lorsque la force est impuissante.

Nous avons donc étudié en profondeur... Sache seulement que les astres et les oracles sont clairs, et voici leur réponse, plusieurs fois redemandée, plusieurs fois confirmée : *seule la confusion pourra vaincre Al Razam le Guèbre !*

Forts de cela, nous avons interrogé les astres de chacun d'entre nous, et nous n'avons rien trouvé. Alors nous nous sommes résolus à chercher chez nos disciples. On ne voulait pas qu'il fût dit que nous n'avions pas tout essayé. Et c'est alors que nous sommes tombés sur ce phénomène inespéré, le ciel de Mayananda. La confusion y est la ligne première ! Il est entièrement sous le signe de la confusion, comprends-tu ? Plus que quiconque parmi nous ! Alors que vaut-il mieux, un maître impuissant ou un disciple qui peut vaincre ? Ne te laisse pas subjuguer par les titres, ô Roi, et regarde les faits. Crois-moi ! Si quelqu'un peut encore quelque chose pour le pays, c'est lui, et lui seul !

La décision te revient, mais voici notre conclusion : Mayananda peut vaincre. Comment, nous n'en savons rien.

C'est notre seule chance, et il ne s'en présentera pas d'autre. Je sens que nous avons découvert le fil invisible, le lien profond qui nous relie à la victoire ! Les liens les plus obscurs sont parfois les plus puissants, car on ne songe pas à eux, et personne ne tente de les briser ! Je suis vieux, ô Roi, j'ai vu l'impossible s'accomplir, j'ai vu les chemins les plus détournés se mettre à converger. Il n'y avait qu'un seul chemin pour vaincre, Roi du temps, et nous l'avons trouvé.

Le roi fut impressionné par la conviction de l'Ancien, et il reprit confiance. Cependant, il émit encore une objection, la dernière avant de se rendre :

– Mais Mayananda n'est pas présent ! Et s'il n'acceptait pas ?

– Ces paroles t'honorent, ô Roi du temps. Sans doute ne peux-tu pas le deviner, mais il n'est pas dans nos habitudes de priver nos disciples de leur libre arbitre. Nous t'avons fait partager notre découverte, et maintenant nous aussi désirons écouter Mayananda.

Le roi s'excusa d'avoir heurté l'Ancien. Puis il appela un garde et lui ordonna d'aller chercher Mayananda et de le ramener au plus vite.

Le garde courut tout droit aux jardins intérieurs du palais, où Mayananda passait beaucoup de temps en compagnie de la princesse Dévayani, sa sœur. Tous les jours, ils venaient s'asseoir à l'ombre, étalaient de vieux livres autour d'eux, sur l'herbe, et se plongeaient ensemble dans l'étude, entrecoupée de méditations silencieuses.

Les gardes et les jardiniers admiraient leur sérieux, leur assiduité et la force du lien qui les unissait depuis qu'ils avaient, tout petits, bu le lait de la même mamelle.

Aussi loin que remontaient leurs souvenirs, on n'avait jamais vu Mayananda sans Dévayani, ni Dévayani sans Mayananda. Et tous savaient, pour les avoir vus grandir et tout partager, qu'au fond, s'ils avaient troqué le lait contre la science, ils n'en continuaient pas moins de s'abreuver à la même source.

Le garde les interrompit en plein travail, s'excusa de les déranger ainsi, et débita son message :

– Ô Mayananda, le roi Soleil de Paix te demande de le rejoindre d'urgence dans la salle où sont réunis tous les mages.

Les deux jeunes gens échangèrent un regard surpris. Le roi ne s'était jamais préoccupé de Mayananda jusqu'alors. Il avait toujours considéré l'amitié qui le liait à la princesse avec sérénité. Lui aussi, comme les gardes, comme tout le monde, s'était habitué à les voir toujours ensemble, tels deux jumeaux. Leur duo était devenu si naturel qu'il n'y prêtait aucune attention et les laissait agir à leur guise. Depuis toujours, lorsqu'il appelait sa fille, ils étaient deux à accourir. Il voyait d'ailleurs en eux une sorte d'entité à deux têtes, et les séparer eût été aussi barbare que de trancher dans le vif.

Et voilà que tout à coup il appelait Mayananda ? Mayananda seul ? Mayananda sans Dévayani ? Que pouvait-il bien lui vouloir ?

D'un bond, Mayananda fut sur ses pieds. Il promit à Dévayani de l'informer dès que possible et fila en direction du "salon des mages", comme on l'appelait déjà dans tout le palais.

Dès l'entrée, il fut frappé par la gravité des visages. Le roi se leva pour l'accueillir, ce qui ne s'était jamais vu !

– Ah, Mayananda ! Nous t'attendions avec impatience, mon fils ! Assieds-toi là...

Il lui désigna un siège près du sien, mais Mayananda resta debout. Le roi poursuivit :

– Voici pourquoi je t'ai appelé...

Et il exposa par le menu les conclusions des savants, en insistant sur la fameuse phrase : "Tu portes la confusion dans ton ciel, et seule la confusion peut vaincre Al Razam le Guèbre." Puis il termina ainsi :

– Si tu l'acceptes, je te nommerai mon champion face au Guèbre, et tu combattras au nom de ton peuple. Réfléchis bien, mon garçon, et sens-toi libre dans ton choix.

Mayananda était en état de choc. Son visage avait pris une expression indéfinissable, faite d'inquiétude mêlée de joie. Il eut du mal à parler et, fixant son maître, il répéta :

– Moi contre le Guèbre ? Mon Dieu ! La confusion... Oui, bien sûr... Contre le Guèbre... Eh bien ! Si je m'y attendais... Maître, il faut pourtant que je fasse ce passage... ce voyage. Je ne suis pas prêt, aujourd'hui.

Il se tut. Le silence se fit dans la pièce. Il se tourna vers le roi, plus calme, et expliqua :

– Ô Roi, j'accepte. Je combattrai le Guèbre. Pourtant, je ne suis pas prêt. Je prévoyais de faire un très important voyage initiatique... Roi du temps, je m'intéresse aux illusions, par la force même de mon nom, "Pureté de l'illusion". J'ai étudié les lois des apparences, le jeu des illusions, dans l'espoir de franchir un jour la porte des apparences ! Un passage très difficile où, pendant un temps, règne une totale confusion. Mais de l'autre côté, on peut voir le monde au-delà des formes, Roi ! Contacter une autre réalité ! C'est cela, mon rêve... Alors, j'ai accepté la confusion, et les difficultés du chemin... Cependant, pour vaincre Al Razam, j'ai absolument besoin de faire ce voyage avant !

Le roi réfléchit un instant et proposa :

– Je peux essayer d'obtenir un délai. Je vais envoyer un courrier auprès du Persan, et nous verrons bien sa réaction. Mais, dis-moi, une chose m'intrigue vraiment : le Guèbre est plus fort que tous tes maîtres réunis ; dans ces conditions, comment peux-tu accepter de lutter ?

Mayananda regarda le roi, très étonné. Dans ses yeux clairs, ce dernier découvrit un océan de pureté.

– Ô Roi du temps, *il ne s'agit pas du tout pour moi d'être tout-puissant, mais simplement d'être puissant là où l'autre ne l'est pas !* J'ai confiance. Mes maîtres ont trouvé la faille du Guèbre. Cette faille est le lieu même de ma puissance. Même si je ne l'ai pas encore réalisée pleinement aujourd'hui, j'ai confiance ! Ce combat est le mien, et il fait partie de mon chemin vers la sagesse.

– J'ai vécu à côté de toi, et je ne te connaissais pas..., murmura le roi, touché par la foi lumineuse de Mayananda.

Il dépêcha sur l'heure un courrier vers le royaume de Perse. Celui-ci tua trois chevaux sous lui à l'aller et autant au retour – ce qui lui valut dix mille pièces d'or de la part du roi en récompense de sa célérité, et le surnom de "Si Vite, Six Morts" de la part du peuple indigné –, mais il revint avec la réponse en main et le récit circonstancié en bouche :

## Récit du courrier, raconté par lui-même

« Sache, ô Roi du temps, que le roi persan – qu'il soit maudit ! – a lu attentivement ta missive et qu'il m'a demandé d'attendre, car il devait prendre l'avis de l'intéressé.

Il a fait appeler Al Razam le Guèbre – que Dieu l'étouffe ! Et moi, j'étais là, et j'ai tout vu et tout entendu. Et je vais t'en dire l'essentiel rapidement, car je suis le plus rapide des courriers.

Lorsque Al Razam apprit qu'on lui opposait un disciple, il a éclaté d'un rire plein de mépris. Cependant, il en a cherché les raisons, a fait toutes sortes de manipulations et calculs et s'est adressé au roi en ces termes :

– Majesté, ils ont voulu ruser, mais je peux les contourner : ils m'opposent un être de confusion, au destin indiscernable. Je hais la confusion ! Je suis Rigueur ! Ils croient me vaincre ainsi ! Mais je vais étudier d'où lui vient sa confusion, et je l'annihilerai.

Il se tourna vers les gardes et hurla :

– Qu'on m'apporte une cuvette de sable !

Et, immédiatement, un garde sortit en courant. Il revint l'instant d'après avec une cuvette remplie de sable.

Le Guèbre se retira dans un coin et se mit à marmonner le plus bas possible, les lèvres tout contre le sable. Soudain, il nous ordonna d'un geste de ne plus bouger.

– Le sable parle, chuchota le Guèbre, qui semblait être entré en transe.

Il recommença à murmurer dans sa barbe. Puis les mots coulèrent de sa bouche, comme de la bave :

– Oui, c'est cela... La route se dédouble... C'est ce qui cause la confusion. Voyons. Oui... partagé en deux, dès le départ... Deux destins qui se chevauchent... Deux en un... Je vois... Oh ! Là ! Tout à coup il n'y en a plus qu'un seul !... Tiens ! Ça a l'air d'être pour très bientôt... Ça dure... Ah ! Ça y est ! Ça reprend ! De nouveau, deux ensemble ! La confusion des deux est à son comble ! Pire qu'au début ! Ah ! Autre chose ! Ah ! C'est complètement illisible !...

Il était en sueur. Il reprit haleine, s'assit sur un sofa et se mit à commenter sa découverte :

– Qu'est-ce donc que ce dédoublement ? En tout cas, c'est bien là la cause de cette confusion. Partagé en deux depuis le départ ? Qu'est-ce à dire ?... Des jumeaux, peut-être ?

J'appréciais l'acuité de son jugement et souriais en mon for intérieur, car, pour moi, le mystère était limpide. Mais sans doute que mon sourire était visible, car il s'est soudain adressé à moi :

– Toi ! Parle ! Tu sais quelque chose ! Parle vite sinon je te transforme à l'instant en vermine grouillante et puante !

Et moi, ô Roi du temps, j'ai réfléchi très vite, et j'ai compris qu'il n'y avait aucun mal à dire ce qui n'était pas secret :

– Ô puissant magicien, j'ai souri, tu as vu juste : Mayananda est le frère de lait de la princesse royale, Dévayani, fille aînée du roi. Et depuis qu'ils ont partagé le lait, ils n'ont cessé de tout partager, même les sciences secrètes. Ils sont comme deux jumeaux et ne se séparent jamais ; on dit parfois qu'il est l'ombre de la princesse, son prolongement et son autre tête, comme tu l'as deviné toi-même à l'enchevêtrement de leurs destinées !

Le Guèbre éclata d'un rire puissant, qui sonna comme les trompettes de la victoire :

– C'est donc ça ! Eh bien, voilà la confusion déjouée ! Il n'y a rien à craindre de ce duo-là !

Il ajouta, méprisant, en se tournant vers le roi :

– Je ne combats pas les femmes !

– Ô Roi, ce pauvre garçon me fait pitié. Accorde-lui un délai d'un an et un jour. Sinon, ce duel, trop facile, finirait par me répugner...

Voilà tout ce que je sais », termina le courrier, et il quitta la pièce.

## Fin de l'histoire de la guerre des mages
## L'intuition de Dévayani

Le roi de l'Inde se leva, furieux.

– Ce Guèbre est odieux ! Sa condescendance me déplaît !

Heureusement, sa femme et sa fille surent le calmer. La reine lui rappela leur but : ne pas répandre le sang du peuple. Elle lui fit remarquer que la grossièreté est toujours un signe de faiblesse et, enfin, qu'en donnant un délai si long par pure bravade, les ennemis servaient Mayananda.

Et la princesse l'apaisa pour de bon grâce à une sorte d'intuition qu'elle venait d'avoir.

Assise noblement à côté du trône de son père, elle caressait, songeuse, son collier de perles si fines et si pures. Soudain, elle murmura :

– Ô mon père... Cette confusion... Est-elle vraiment dans ce lien qui nous unit, Mayananda et moi ? Pourtant, je ne sens aucune confusion entre nous ! Et nos sages, qui nous connaissent, ne s'y seraient pas trompés ! Non. Cela me semble trop simple, père ! Ce n'est pas cela. J'ai le pressentiment que c'est autre chose, bien plus mystérieux que cela. Al Razam a mal interprété. Il s'est fié aux paroles du courrier, mon père, j'en suis sûre.

– Puisses-tu dire vrai, ô ma douce ! répondit tendrement le roi.

– Si mon sentiment est avéré, alors ce courrier nous aura grandement aidés, en lançant le Guèbre sur une fausse piste... Il faudra l'en récompenser, conclut-elle avec conviction...

– Qu'il en soit ainsi, pria son père, Soleil de Paix.

Mayananda partit pour son fameux voyage, dont il avait jalousement gardé secrète la destination.

Le peuple compta les mois, puis les jours. Enfin, le jour du combat singulier arriva.

Et c'est aujourd'hui, dit le barbier. Le délai expire aujourd'hui même, et celui qui portait tous nos espoirs n'est pas rentré, et il ne va pas combattre.

Et ce soir, nous aurons perdu sans même avoir combattu... », finit-il en gémissant.

## Tofaïr au cœur de l'histoire

Pendant que Tofaïr écoutait, il s'émerveillait de constater à quel point il était au cœur de cette histoire : il connaissait Al Razam le Guèbre ; il avait vu Ibrahim percer ces perles qui inspiraient la princesse, et surtout il était le seul au monde à savoir où était Ibrahim, le seul au monde à pouvoir le prévenir ! Un instant, il revit les mains du guide aveugle sur son visage, réentendit son : « C'est confus... C'est confus... », et se rappela soudain que ces remarques s'étaient arrêtées net quand Ibrahim avait senti la bague sur son doigt... Il ne comprenait pas tout cela, non. Mais il voyait clairement qu'il était au cœur de cette histoire, et que la confusion le concernait, lui aussi...

« Si Mayananda n'est pas là, pensa-t-il, pourquoi Ibrahim ne combattrait-il pas ? » Il fallait lui en parler ! Il fallait qu'il retourne au plus vite au khan.

# Tofaïr face à lui-même

Dès qu'il fut sorti, Tofaïr courut à toute vitesse jusqu'au khan, monta quatre à quatre les marches jusqu'à la chambre du vieux guide, entra en coup de vent et lui cria, à bout de souffle :

– Ibrahim ! Ibrahim ! Le Guèbre est en ville ! Il vient combattre ici ! Toi seul peux le vaincre, Ibrahim !

Le vieux, un instant surpris par l'intrusion, sourit devant l'affolement de son jeune ami et l'apaisa d'un geste :

– Mais non, mon fils. Ce n'est pas moi qui peux le vaincre, c'est la confusion.

– Ah ! Tu sais déjà ?

– J'arrive du palais, mon garçon.

Tofaïr s'abandonna un instant à la rêverie, et les perles le menèrent secrètement à la princesse Dévayani.

Le silence se fit dans la pièce. Tofaïr, troublé, s'assit sur un coussin. Puis il revint à son sujet :

– Mayananda n'est pas arrivé... En ville, les gens pensent qu'il ne viendra plus...

– Ils se trompent, fils. *La confusion est déjà à l'œuvre*. Simplement, hé ! hé ! ses chemins sont confus...

Ces mots frappèrent Tofaïr. Pensant de nouveau à lui-même, il finit par demander humblement :

– Ô mon père, je suis concerné, n'est-ce pas ? Tu m'as déjà parlé de ma propre confusion... Et je me sens au cœur de cette histoire...

– Oui, mon fils, tu peux quelque chose...

Ibrahim se tut. Puis il reprit, très doux :

– Vois-tu, je ne veux pas combattre Al Razam. Ce n'est pas au maître de combattre le disciple... Il n'aurait aucune chance, ajouta-t-il avec tristesse. C'était mon meilleur disciple ; je ne veux pas l'écraser. S'il est vaincu par la confusion, il sera vexé, mais il ne sera pas brisé, et peut-être saura-t-il en tirer profit. Comprends-tu cela ?

– Oui...

– Sache qu'en ce qui va suivre, personne ne sera lésé. Car les deux rois ont choisi d'aller vers la paix, et le monde leur répond ainsi. Pour tous ceux qui vont agir pour cette paix, ce sera une merveilleuse occasion d'apprendre...

Tofaïr resta silencieux. Il se revit à Bagdad... Il avait toujours aimé réunir les gens, faire le messager. Mais jamais l'idée ne l'avait effleuré qu'il puisse un jour œuvrer à la paix entre deux peuples...

Cette pensée le bouleversa. Il vit son grand voyage sous un autre jour. Son visage s'éclaira, et il se tourna vers Ibrahim, qui l'observait avec amour depuis un moment.

– Ô Ibrahim, mon père véritable, dit-il, radieux, j'aimerais faire quelque chose pour cette paix. Comment aider ?

– Mon fils, je l'ignore, puisque c'est la confusion qui préside à tout cela ! Laissons-la faire... Hum... Attends...

Il médita un instant. Tofaïr resta sans bouger.

– Pourtant si..., finit par dire le vieux maître. Tu pourrais bien faire quelque chose à ma place... Hum... Ce serait une bonne idée... Vois-tu, mon fils, je ne veux pas me faire reconnaître, tu le sais. Pourtant il faudrait avertir le roi que Mayananda arrive...

– Il arrive ? s'écria Tofaïr, ravi.

– Oui, reprit Ibrahim, sans tenir compte de l'interruption. Il est en retard. Il faudrait prévenir le roi Soleil de Paix, pour qu'il tente de gagner du temps... Quelques heures suffiraient...

– Pardonne-moi si je suis indiscret, mais... comment donc sais-tu cela, ô Ibrahim, mon père ?

Le vieux sourit. Il se tourna vers Tofaïr :

– Je vois, d'une autre vision que celle des yeux, tous les chemins qui convergent, ô mon fils ; le tien, celui d'Al Razam, de Mayananda, de Dévayani, des rois, tous... Et je vois où chacun en est à cette heure-ci... La suite appartient à la confusion. Mais il n'est pas sorcier de voir que Mayananda est en retard et qu'il court sur le chemin du retour. Voilà pourquoi je t'enverrais bien volontiers vers le roi Soleil de Paix, puisque tu veux aider... Comprends-tu ?

– Jusque-là, c'est très clair, aucune confusion ! dit Tofaïr en riant. Cependant, comment ferai-je pour arriver jusqu'au roi si je ne peux pas dire que je viens de ta part ? Il ne me connaît pas ! Comment l'approcher ? Et pourquoi me croirait-il ?

Ibrahim lui caressa gentiment la joue et murmura :

– Laisse faire la confusion, mon petit, et ne t'inquiète de rien... De rien... Je suis là... Je te « verrai »...

Il se tut un instant, et ajouta, comme une pirouette pour le faire rire :

– Et puis, ne m'as-tu pas dit que l'art du parasite se jouait de toutes les portes ?...

Ils rirent, et Tofaïr s'élança en direction du palais royal.

## Tofaïr face au miroir

Tofaïr passa les gardes avec son aisance habituelle et se trouva bientôt dans le hall du palais, plein de monde. Une foule se tenait là, des grands du royaume et des moins grands.

Or, dès qu'il eut franchi la porte, un silence de surprise se fit dans l'assemblée, immédiatement suivi d'une clameur :

– Mayananda ! Mayananda ! Enfin ! Enfin ! Ah ! Mayananda !

Ces mots fusèrent de tous les coins à la fois. Tofaïr, abasourdi, regarda derrière lui à tout hasard, mais il n'y avait aucun doute : toutes les têtes étaient tournées vers lui, c'était bien à lui qu'on s'adressait ! Il protesta :

– Mais vous êtes fous ! Je ne suis pas Mayananda ! C'est une erreur ! Ah non ! Une fois on me prend pour un ambassadeur, une autre fois pour un Bédouin du désert ! Et maintenant Mayananda ! Cela suf...

Soudain il s'arrêta net : la confusion, *celle qui le concernait, lui, agissait...*

Il se mordit les lèvres, et se rappela les derniers mots d'Ibrahim : « Laisse faire la confusion, petit »... Il jugula sa peur.

La foule l'encerclait de plus en plus près. Quelqu'un remarqua :

– Il tremble !

– Quelle honte !

– Se défiler ainsi !

– Il a beau nier, je le reconnais bien !

– Moi aussi !

– Moi aussi !

Tofaïr se souvint : les deux autres fois aussi ceux qui s'étaient trompés avaient été unanimes.

La première fois, il était dans un salon.

La deuxième fois, il était dans un désert.

La troisième fois, il était dans le hall d'entrée d'un palais.

Or, dans un hall d'entrée, il y a des glaces...

Et il y en avait une, là, sur le mur de gauche...

Par réflexe, pour en avoir le cœur net, pour vérifier, pour savoir, bref, pour *voir*, Tofaïr y jeta un coup d'œil. Et ce qu'il vit lui glaça sang et os, et fit éclater en lui les bornes de la raison, car voici : *il se regarda et ne se reconnut pas...*

Bien qu'Ibrahim ait eu la prudence de le prévenir, la terreur s'empara de lui. Pendant un temps qui sembla une éternité, il resta là, hagard, hébété, à fixer le miroir de ses yeux exorbités, sans arriver à se ressaisir. Son teint se fit cendreux ; il ne percevait plus les bruits du hall qu'à travers un voile cotonneux. Les voix déformées résonnaient étrangement, devenaient monstrueuses, irréelles et assourdies, comme s'il avait la tête sous l'eau.

Il allait s'évanouir... Alors, éperdu d'angoisse, d'un geste réflexe il se palpa le visage, comme pour s'aider à revenir. Ses deux mains parcoururent ses joues, ses yeux, son front... La sensation réveilla le souvenir des mains d'Ibrahim dans le désert, quand il avait caressé son visage en répétant : « C'est confus, c'est confus... » Ainsi, la confusion allait jusque-là ? Pourquoi ? Qu'avait-il donc ? Son visage était-il irréel ? Que se passait-il ?

« Ne t'inquiète de rien... De rien... Je te "verrai"... Une merveilleuse occasion d'apprendre... » Il respira un grand coup. Il faisait confiance à Ibrahim. Et Ibrahim savait ; il l'avait prévenu. Il lui disait de ne pas avoir peur... Tofaïr respira encore.

Et il retrouva son courage.

Maintenant, il savait parfaitement comment il allait pouvoir accéder au roi Soleil de Paix et pourquoi le roi l'écouterait !

Bien joué, la confusion ! Ah ! Bien joué ! Il lui fit une légère révérence et sans plus résister aux notables, dont un le tirait par le bras, il les suivit en direction de la salle du trône, encore un peu secoué.

Lorsque Tofaïr pénétra dans la salle du trône, il faut dire qu'il fit sensation.

Le roi, ses conseillers, ses ministres, ses familiers, et jusqu'aux gardes, d'habitude si magnifiquement transparents, tous poussèrent un puissant cri de joie :

– Aaah ! Mayananda ! Mayananda ! Enfin !

Le roi, déjà à moitié debout, allait se lever tout à fait de son trône quand le notable qui avait agrippé Tofaïr l'arrêta d'un geste.

– Un instant, ô Soleil de Paix !... J'estime de mon devoir de te rapporter l'attitude de Mayananda !

Et il s'engagea dans un récit exagéré, où il dénonçait la malhonnêteté de ce jeune homme qui, par couardise, niait absurdement son identité dans l'enceinte même du palais où tout le monde le connaissait !

Tofaïr le laissa parler sans l'interrompre, car il ne l'écoutait plus. Indifférent à tous, il n'avait d'yeux que pour un minuscule rai de lumière qui venait d'attirer son attention.

Or ce minuscule éclat était celui d'un tout aussi minuscule objet, amateur de lumière...

Un collier de perles.

Très fines.

Très, très fines...

Si fines qu'instantanément il les reconnut ; puis, immédiatement, il les perdit de vue, fasciné par une autre lumière...

Car il venait de croiser le regard étonné de la princesse Dévayani, et ce regard était pur comme la rosée du matin...

## Tofaïr et Dévayani

Tofaïr, émerveillé, sentit qu'il lui souriait sans vraiment l'avoir voulu. Mais soudain il comprit, bouleversé, qu'elle ne le voyait pas, lui, puisqu'il avait le visage de Mayananda ! Son cœur se serra... Son sourire disparut.

Assise auprès du roi son père, Dévayani rayonnait, simple et souveraine. Sa beauté était frappante. Elle avait le visage grave, et une force singulière émanait d'elle malgré son extrême jeunesse et la réserve dont elle faisait preuve.

Elle partageait l'attente insupportable, l'angoisse et la détresse de son peuple. Jusqu'à l'entrée de Tofaïr, elle avait été une source de calme et de fraîcheur pour tous.

On disait que Dieu lui-même était allé dans sa réserve des trésors pour y choisir l'ovale sublime de son visage. Le noir de ses pupilles avait été emprunté aux profondeurs de l'espace, et quant à son œil en amande, c'était un cadeau de la gazelle... Son corps unissait la souplesse des félins et la délicatesse de la tige de lotus sur le lac qui ondoie sous la brise et la vague. Sa peau était si fine qu'elle n'était qu'un voile d'une indicible douceur, brillant d'un éclat intérieur.

Par la lumière de son regard elle offrait à chacun l'eau pure dont il avait besoin.

Or, dès l'entrée de Tofaïr, elle l'avait regardé droit dans les yeux, puis, étonnée, elle s'était détournée un instant, pour finalement l'observer très attentivement...

Il se troubla, rougit. Elle se détourna brusquement de nouveau. Pourtant il avait le visage de Mayananda, son frère, il pouvait se permettre de la regarder !

Quand elle le regarda encore une fois, son regard se fit très doux. Tofaïr crut même surprendre au coin de ses lèvres l'ébauche d'un sourire. Puis elle baissa les yeux, troublée à son tour.

Alors, Tofaïr fut heureux. Follement heureux. De tous les pores de sa peau, de tous les coups de son cœur, il sut que Dévayani voyait au-delà des apparences... Il fut heureux et lui sourit, de son sourire irrésistible...

## Tofaïr assume son destin

Il ne s'était passé qu'une minute ou deux depuis que le notable avait commencé son discours. Il s'arrêta. La consternation s'installa un moment en tous, sauf en eux deux, et personne n'osa respirer, attendant anxieusement la réaction du roi.

Cependant, ce fut la princesse qui parla la première, s'adressant à son père :

– Ce jeune homme dit vrai, ô mon père. Il n'est pas Mayananda, même s'il en a la figure.

Son père la regarda avec une telle stupeur qu'elle baissa les yeux et rougit. Tout le monde sentit qu'elle se faisait violence pour poursuivre.

– Ô mon père, les femmes ne se fient pas aux apparences ; elles ont d'autres repères... Ce jeune homme a l'apparence de mon frère de lait, mais ce n'est pas lui.

Elle continua en un murmure audible pour très peu :

– Il m'a souri d'un sourire différent de celui de mon frère... Et, ô mon père, ce sourire a fait vibrer mon cœur... Ce ne peut être Mayananda !

Le roi la regarda, stupéfait : sa fille avait l'audace de dévoiler les secrets de son cœur devant tous ! Bien sûr, c'était l'urgence de la situation qui l'y poussait. N'empêche, c'était inconvenant. Il en fut embarrassé. De plus, ce qu'elle révélait était grave.

Il ne savait que dire. Un silence gêné tomba sur la foule.

Alors Tofaïr, profondément ému par le courage de la jeune fille, vola à son secours. D'un élan éperdu, soudain transfiguré, il s'adressa au roi :

– Ô Roi du temps, ta fille a raison. Je ne suis pas Mayananda... Cependant veuille m'écouter, car voici l'heure de ma destinée.

Son ton était si impérieux que tous se tournèrent vers lui, subjugués.

– J'étais venu te prévenir que Mayananda arrivait. Je le sais de source sûre. Je ne peux être plus explicite sans trahir la confiance qu'on a bien voulu me faire... Écoute, ô Roi du temps ! Mayananda arrive ! Il court dans le désert ! Il est en retard. Il faut gagner du temps ! Or moi, pour une raison mystérieuse, mais qui tient de la confusion même, j'ai l'apparence parfaite de ce Mayananda ! Je peux donc donner le change !

– Que dis-tu là ?

– Écoute, ô Roi du temps, ce n'est pas le moment de te conter mon histoire, mais sache tout de même ceci : je me nomme Tofaïr, et je viens de Bagdad. L'aventure m'a emporté, depuis quelques mois, et m'a transformé... Là-bas, j'étais parasite. Il m'en reste le talent. J'ai le sens de la réplique, je sais improviser, raconter des histoires, endormir la méfiance, évoluer au jugé ; bref, s'il s'agit uniquement de retarder le début du combat, tu ne pouvais pas trouver mieux !

La princesse Dévayani intervint alors :

– Ô mon père, souviens-toi ! Al Razam voyait un être à deux têtes le combattre, et il avait conclu trop vite à la gémellité de Mayananda et Dévayani... J'en avais eu le pressentiment, et voilà la solution du mystère devant nous !...

Saisi par ce rappel, Soleil de Paix s'éclaira, convaincu, et se tourna vers Tofaïr :

– Ô jeune homme, j'entends bien... Je te vois très au courant de tout. Je te remercie de ta proposition.

Mais, avant de te lancer dans une aussi folle action, dis-moi : pourquoi ferais-tu cela, toi ? Le Guèbre est un homme dangereux.

La question laissa Tofaïr l'esprit vide un instant ; puis du fond de lui surgit cette réponse claire :

– Je suis concerné par la confusion, ô Roi du temps, ne le vois-tu pas ?

Un silence complet se fit dans la salle à l'énoncé de cette évidence que personne n'avait vue.

– Je suis lié à cette histoire au-delà de ce que toi ou moi pouvons comprendre, reprit Tofaïr. J'ai déjà eu affaire à Al Razam le Guèbre. Je suis entré dans sa maison, je connais toute son histoire... C'est à moi d'agir maintenant. Je peux sans aucun doute le désarçonner, le troubler !

Il regarda le roi, très digne :

– Roi, je ne suis pas magicien. Je mettrai tout mon art au service de cette paix, toute mon inventivité et tout mon courage. J'en ferai un sommet. Mais je ne pourrai pas gagner ce combat !... Si Mayananda n'arrive pas à temps...

Il eut une grimace éloquente.

– Pourtant, j'ai confiance, poursuivit-il. Je prends le risque, ô Soleil de Paix, et, si tu l'acceptes, je sauverai ton honneur : le combat aura lieu !

Le roi se leva, très ému, et serra Tofaïr dans ses bras :

– Tofaïr, tu dis que tu étais un parasite ; pourtant tu agis comme un prince !

Dévayani semblait émerveillée. Elle était rose de joie. Leurs regards se croisèrent encore, chargés de mystère, de la découverte de l'autre, de l'étrangeté de cet amour naissant là d'une manière si prompte et si insolite. Le roi surprit cet échange et fut rempli d'une tendresse infinie :

– Dévayani, ma Princesse, je vois que ton cœur a choisi...

Elle regarda son père avec un sourire d'enfant, plein d'une lumière éblouissante. Le roi semblait sur le point de lui poser une question, mais elle le précéda d'un « oui » caché dans un sourire.

Alors Soleil de Paix, très solennel, se tourna vers tous :

– Vous tous ici présents, soyez témoins !

Et s'adressant à Tofaïr :

– Jeune homme au cœur de prince ! À toi qui veux tout tenter pour la paix et l'honneur, moi, Soleil de Paix, je te fais ce serment solennel : quelle que soit l'issue de cette aventure, à toi qui sauves mon honneur et l'honneur de mon peuple, je jure de te donner Dévayani, ma fille, en mariage, car tu l'as déjà conquise !

Tofaïr ne put répondre. Il se prosterna, bouleversé au-delà de ce que jamais les mots ne pourront dire. Il savait que, à cet instant précis, il venait de changer de monde.

# Le combat

Le peuple fut vite prévenu que le combat allait avoir lieu, et la foule courut en masse vers l'arène préparée de longue date pour ce spectacle insolite.

Tofaïr mit à profit ses qualités de fin stratège : il fit placer à chaque porte donnant sur le désert un héraut qui avait pour mission de scruter l'horizon et d'annoncer l'arrivée de Mayananda par un son de trompe. Il en fit poster d'autres sur tous les toits, établissant ainsi un relais pour que la nouvelle le précédât au plus vite jusqu'à l'arène. Au sol, il quadrilla les quartiers de gardes chargés d'ouvrir la route au magicien dès son entrée en ville.

Soleil de Paix, de son côté, alla rejoindre le roi des Perses, dont la cour stationnait depuis quelques jours à une des portes de la ville : il n'avait pas voulu accepter l'hospitalité du palais, car ils étaient en guerre.

Les deux rois, suivis de leur cour, se dirigèrent donc vers les tribunes royales et s'y installèrent en grand apparat.

Le Guèbre, qui ne croyait plus au duel et s'attendait à gagner par forfait, dut s'accorder un temps de solitude pour se concentrer et faire face au changement de programme : avec la raideur de son caractère, il avait du mal à s'adapter à l'imprévu... Il eut du mal à renoncer à sa certitude d'avoir gagné sans combattre !

Quant à Tofaïr, il veilla si bien à tout organiser qu'il n'eut même pas le temps d'avoir peur...

Puis ce fut l'heure fatale. On sonna l'entrée des adversaires, et un silence de mort s'abattit sur l'arène malgré la foule, massée à tel point qu'on eût dit que le peuple entier de l'Inde – et Dieu sait s'il est multitude ! – s'était trouvé réuni au grand complet sur les gradins.

## Tofaïr dans l'arène

Al Razam entra par la gauche ; Tofaïr par la droite.

Al Razam n'eut pas un regard pour la foule : il se savait précédé de sa notoriété. Son visage était fermé, austère et hautain, comme il sied au plus puissant magicien du monde, et sa démarche lente, lourde et imposante, comme il se doit pour un mythe vivant... Car il était aujourd'hui le Sublime Prédateur qui réduirait à néant d'un coup de patte unique et négligent le vil insecte trop téméraire qui lui servait d'adversaire.

Tofaïr, lui, balaya la foule d'un rapide regard circulaire. Et son œil s'attarda sur la tribune royale. Dévayani était là, les yeux fixés sur lui... L'amour illumina son visage.

Puis il se concentra sur l'arène. Son rayonnement lui donnait l'air d'un sage plus que d'un amoureux. Il le comprit et sut en tirer parti. Il mit les mains derrière le dos, se composa une figure paisible, et avança de ce pas lent et tranquille du sage, disciple des sages, de la lignée des sages sublimes, qui marche dans les traces de la sérénité des sages et porte sur la figure la limpidité des sages, sages depuis dix générations.

C'était, il faut bien l'avouer, un rôle de pure composition... Il s'aida en pensant à Ibrahim la Main blanche, et sa confiance imprégna tout son être. Il devint impressionnant de sérénité.

Son entrée fit deux effets. Un premier, normal : une admiration respectueuse submergea la foule et un deuxième, imprévu : Al Razam sursauta...

Oh... Ce n'était pas la démarche lente du jeune homme qui l'impressionna... Ce fut sa sérénité ! Il regretta immédiatement d'avoir accordé un aussi long délai. Il résolut d'ébranler son adversaire et attaqua le premier :

– Eh bien, Mayananda ! Je vois que tu n'as pas perdu ton temps ! Tu as gagné en sagesse ! Mais sans doute pas assez, car tu avances avec la lenteur de ceux qui ont peur...

– Et toi, tu attaques avec la nervosité de ceux qui vont perdre !

La foule ne put retenir un sifflement admiratif. Beau coup ! Tofaïr prenait l'avantage. Et, loin de l'ébranler, l'attaque du Guèbre l'avait rassuré : le sorcier le prenait bien pour Mayananda. Il sourit : si le combat devait être un combat de mots, il avait de grandes chances de gagner.

Al Razam le sentit et en fut exaspéré. Il décida

de ne plus perdre de temps et répliqua sur un ton doucereux :

– Tu es si jeune, vil insecte !... Où donc est ta force ? Hein, dis-moi ?

Son ton s'était fait soudain très menaçant.

Alors Tofaïr, encouragé par le succès, répondit d'un trait, emporté par un élan quasi lyrique :

– Je suis la Carte blanche de Dieu, sa pièce maîtresse !

Où qu'il me place, je joue son jeu, c'est ma faiblesse !

Tout me va comme un gant, gueuserie ou noblesse ;

Ses tailleurs sont contents !... Et je pousse la délicatesse

À le faire avec talent !...

*Car ma force est dans ma souplesse !*

Et il termina son envolée par une sorte de révérence gracieuse.

Le Guèbre ne comprit que la dernière phrase. Il ricana avec mépris et rétorqua :

– Un bon magicien détient nombre de formules magiques. Tu as bien les formules... Mais où est leur magie, ô pauvre ?

Il éclata de rire :

– Maintenant, tu vas goûter aux miennes !

Et, sans plus attendre, il passa à l'action. D'un signe, il se fit apporter une sorte de gigantesque brasero. Il prit des herbes dans sa poche et les jeta sur les braises d'un geste théâtral en lançant un mot rauque et barbare. Alors, les flammes montèrent soudain, se firent immenses, et bientôt prirent une forme démoniaque et inhumaine, celle d'un djinn du feu.

Le Guèbre cria un ordre bref. Le djinn s'inclina, leva ses deux poings vers le ciel, puis d'un geste brusque rouvrit ses deux mains, les doigts écartés. Alors du bout de ses dix doigts jaillirent dix flammes, qui grandirent immédiatement jusqu'à devenir à leur tour dix djinns semblables au premier. Et ces dix nouveaux firent exactement le même geste, et ce fut cent djinns qui apparurent ! Le manège se reproduisit jusqu'à ce qu'une hallucinante armée d'êtres identiques envahisse l'arène. Et Tofaïr fut pris sous l'unique regard de ces milliers d'yeux de feu menaçants. Et il fut terrifié...

Le temps lui sembla s'arrêter : rendu hyper conscient par la peur, son esprit, étrangement calme, était incroyablement efficace. Le Guèbre venait de lui montrer le b.a.-ba des sorciers ; le plus dangereux restait à venir. Il était vital de ramener au plus vite le combat sur le terrain de la parole. Car, dans l'action, il était perdu...

En un éclair, son esprit rapprocha deux choses : la première, ce fut la phrase qu'avait dite Mayananda, son frère de figure, quand il avait lui-même accepté le combat : *« Il ne s'agit pas pour moi d'être tout-puissant, mais d'être puissant là où l'autre ne l'est pas ! »* L'autre chose fut une vision : les bras levés des djinns, là, devant lui, lui rappelèrent bien à propos la scène qu'il avait surprise dans la salle de magie, à Chiraz. Il exulta. La bague ! Le Guèbre ne savait pas l'utiliser... lui non plus, mais le sorcier n'était pas censé le savoir. Il fallait donc tenter le grand coup.

Tout cela n'avait duré qu'une seconde.

Le Guèbre, voyant l'effet produit sur son adversaire, éclata d'un rire sinistre et victorieux et hurla :

– Ô dérisoire ! Qu'opposes-tu donc à ça ?

Alors, dans le silence de la foule, Tofaïr dénoua ses mains, qu'il avait prudemment gardées derrière son dos, brandit sous le nez du Guèbre celle qui portait la bague et s'écria sur le ton du défi :

– Ça !

## Tofaïr fait jouer la bague

Et ce fut bien pensé et bien joué ; le Guèbre, complètement terrifié à son tour, laissa échapper la seule chose qu'il ne fallait pas dire, et qui donna à Tofaïr la clé du mystère qui l'avait poussé sur les chemins jusqu'à ce qu'il aboutisse ici, dans cette arène. Et cette chose à ne pas dire, c'était le nom de cette bague.

– La... la Bague des Apparences ! balbutia-t-il, tu as la Bague des Apparences ? Comment cela se peut-il ? C'est impossible...

À peine ce nom fut-il prononcé, à peine cette bague fut-elle nommée que Tofaïr sentit son âme s'alléger, soudain soulagée d'un grand poids. Car en un éclair il comprit qu'elle était la grande responsable des changements de son apparence et de la confusion de ses traits. C'était donc cela, les fameuses forces obscures et dangereuses ! Et elles avaient agi sur lui ! Ainsi, son aventure n'avait pas commencé, comme il le croyait jusqu'alors, dans le salon du palais viziral à Bagdad, lorsqu'on l'avait pris pour l'ambassadeur de l'Inde, mais bien au moment exact où, dans les entrepôts des parasites, il avait choisi cette bague de préférence à toutes les autres et l'avait passée à son doigt... Ensuite, la bague avait mené la danse !

Ce fut au tour de Tofaïr d'éclater de rire :

– Tu veux savoir d'où je la tiens? Nettoie d'abord tout ce fatras !

Il désigna l'armée des djinns d'un geste calme. Al Razam, mortellement inquiet, obéit sans mot dire. Il jeta du sable sur le feu, son hallucinante armée disparut en fumée et l'arène retrouva son aspect normal.

Tofaïr n'en revenait pas : il avait repris le dessus ! Ah ! Quelle merveille ! Il était le seul à détenir la clé de l'impuissance du Guèbre. Il comprit soudain pourquoi Ibrahim l'avait envoyé au palais... Il sourit pour lui-même. Bien sûr, la confusion était à l'œuvre, mais Ibrahim avait donné le coup de pouce nécessaire...

Maintenant, le Guèbre redoutait de combattre. Maté, lugubre, les narines serrées, il se terrait dans le silence. Tofaïr était désormais le maître du temps : le Guèbre serait le premier à vouloir patienter.

Il suffisait de tenir jusqu'au son de trompe annonçant l'arrivée de Mayananda. Tofaïr s'apprêta donc à plonger une nouvelle fois dans le fleuve de l'invention immédiate...

– Tu veux savoir comment cette bague s'est trouvée entre mes mains, alors que cela fait trente ans que tu la cherches et que tu viens de la rater de peu ? le défia-t-il.

Le Guèbre sursauta, surpris de voir l'autre si bien informé.

– Je vais te conter cela en détail, dit Tofaïr en savourant son effet.

Il chercha un instant l'inspiration : quel pouvait bien être le voyage initiatique de Mayananda ?

Et il se lança...

## Histoire du vase d'argile, inventée par Tofaïr

« Sache que depuis toujours Dévayani, ma sœur, et moi-même, nous nous intéressons aux apparences, justement. Cela est d'ailleurs inscrit dans mon nom, car en notre langue “Mayananda” veut dire Pureté de l'illusion.

Or j'avais projeté de faire un grand voyage pour parfaire mes connaissances quand est survenue la déclaration de guerre. Heureusement, tu as eu l'imprudence de nous accorder un délai d'un an, et j'ai pu partir. Pendant cette année, il m'a été donné de rencontrer le plus grand sage de la terre, celui en face de qui nul – même toi – n'est plus qu'un ignorant. Il s'appelle Ibrahim la Main blanche... »

Al Razam sursauta, blême de jalousie, et hurla d'un cri déchirant qui secoua l'arène :

– Tu MENS ! Ibrahim ne prend plus de disciple depuis longtemps ! PERSONNE NE SAIT où il est !

Tofaïr avait le cœur trop grand pour ne pas percevoir la blessure et le désespoir qui se cachaient derrière ce cri. Il s'était déjà douté, à Chiraz, en l'écoutant conter son histoire, qu'Al Razam regrettait Ibrahim, sa fantaisie, son amour... Il avait donc vu juste. Dans ce cri, tout l'amour qu'il avait pour son maître s'exprimait enfin. Ibrahim avait raison d'espérer son retour... Pourtant, lui, Tofaïr, ne devait pas le ménager. Pas maintenant. Il s'endurcit pour tenir son rôle et continua :

– Et pourtant ! C'est vrai qu'il était introuvable... Mais sais-tu comment on fait pour trouver un introuvable ?

– ...

– On ne le cherche pas... Vois-tu, trouver un sage qui se cache, c'est comme trouver un puits dans un désert... Sans doute avais-je assez soif...

« L'eau m'a guidé. Je marchais dans le désert depuis plusieurs jours, sans direction. Et puis, j'ai fait une singulière rencontre. C'était un vieillard aveugle qui faisait le guide pour les caravanes. Il vint vers moi, me posa la main sur l'épaule et murmura :

– Tu cherches Ibrahim, n'est-ce pas ? Alors, écoute bien ce que je vais te dire. Ne garde qu'un seul de tes chameaux, et les provisions indispensables. Fais-toi léger, mon petit ! Léger... Enfonce-toi dans le désert et va tout droit, sans te fier aux pistes. L'important est de sentir que tu ne dévies pas de ta ligne... Tu marcheras ainsi, peu ou beaucoup. Fais bien attention à tout ce que tu vois d'étranger au désert, ouvre l'œil, car Ibrahim est rusé, et il sait jouer.

Le vieux se tut un moment avec un sourire amusé, puis reprit :

– Un bon conseil : ton œil sait déjouer les apparences ; c'est bien, mais ça ne suffit pas. Ton intelligence aussi doit apprendre. Alors, retiens ceci : *méfie-toi des évidences, car ce sont les apparences de l'esprit.*

Je remerciai chaleureusement le vieux ; il sourit, me souhaita bonne chance et s'en fut tranquillement.

Alors seulement commença le vrai voyage. Je suivis ses conseils, et pendant plusieurs jours j'avançai sur un chemin non tracé, traversant toutes les pistes sans m'y arrêter. Je me guidais aux astres. Le sable était vierge de tout passage. Le silence immense. La vastitude pleine du divin...

Petit à petit, à force de maintenir ma ligne, je découvris un profond sentiment d'équilibre. J'étais comme un funambule marchant sur un fil invisible mais rigoureux.

## « Mayananda » et le vase d'argile

Je ne comptais plus les jours depuis longtemps quand je vis à l'horizon un point sombre et immobile, droit devant moi, au milieu de ma route.

D'un cri, je lançai mon chameau au galop. Bientôt, je discernai une forme, dont la présence était incompréhensible en plein désert, et me dis : "En voilà une étrangeté !"

J'exhortai ma bête à la rapidité, et me trouvai devant un vase, une sorte d'amphore gigantesque, plus haute qu'un homme, plus haute qu'un chameau, faite dans une terre si craquelée qu'elle semblait dater de l'époque où les jours n'étaient encore que des jours de Dieu...

Le vase avait deux anses en forme de flèche, et sur sa partie rebondie une inscription était encore lisible malgré les craquelures et les fissures de l'argile.

Profondément intrigué, je mis pied à terre et lus :

“Deux directions sont en moi ;

Va à gauche et ne dors pas.”

Je ne doutai pas une seconde que c'était là une indication d'Ibrahim.

Je remontai en selle, orientai mon chameau dans la direction indiquée par l'anse de gauche et repartis dans le désert. Bientôt, je me mis à dodeliner de la tête et sentis qu'un sommeil irrésistible s'emparait de moi. Pourtant il ne fallait pas dormir ! Je luttai désespérément, mais je finis par sombrer...

Lorsque je me réveillai, ma tête était lourde, et je n'aurais pu dire si j'avais dormi une heure ou un jour entier. Je regardai autour de moi, mais le désert ne pouvait me répondre. Les sables s'étendaient à perte de vue, identiques à eux-mêmes. Tout à coup, j'aperçus au loin la même tache sombre se dessinant sur l'horizon !

Je fonçai dessus, et voici que je découvris une amphore en tout point semblable à la première, de la même taille gigantesque, de la même ancienneté saisissante, avec les mêmes anses en forme de flèche !

Je sautai à terre et m'approchai. Celle-ci aussi portait une inscription au milieu des craquelures. Je lus :

"Deux directions sont en moi ;

Va à droite et ne dors pas."

Bien qu'un peu perplexe et ne comprenant pas le sens de tout ceci, je m'empressai d'obéir, m'orientai selon la flèche de droite et m'élançai.

Cette fois, je ne devais pas me laisser surprendre par le sommeil ! D'ailleurs, ce serait facile : je venais d'en prendre plus que mon compte !

Les heures passèrent ; et de nouveau ce même étrange sommeil me prit, et je ne pus y résister. Et, une fois de plus, ma bête alla à sa guise... Puis elle s'arrêta.

Le bercement régulier cessa, et je me réveillai. Or, je me trouvai encore une fois devant une amphore absolument semblable aux précédentes !

Je me dirigeai droit sur elle, cherchant l'inscription qui devait sans nul doute y figurer. En effet, je lus :

"Deux directions sont en moi ;

Va à gauche et ne dors pas."

Qu'est-ce que c'est que cette histoire ? m'écriai-je, stupéfait. Ma bête a-t-elle tourné en rond ? A-t-elle regagné la première amphore ?

Je regardai le sol pour vérifier les traces.

Et voici ce que je vis : il y avait les traces, toujours du même chameau, qui revenait trois fois... Ma bête avait bien tourné en rond ! Je me trouvais toujours ramené au même vase d'argile !... Mais, alors, comment les inscriptions pouvaient-elles donc être différentes à chaque fois ?

Le conseil du vieil aveugle me revint à l'esprit : "Méfie-toi des évidences..." Or j'avais suivi les instructions du vase sans hésiter une seconde, sans réfléchir, ni chercher plus loin. Et le vase s'était joué de moi.

*Le vase me mentait !* Comprends-tu, Al Razam ? Le vase mentait ! Ô ironie ! C'était une ruse, une apparence ! Une illusion ! Et moi, "pureté de l'illusion", je m'étais fait berner !

J'étais furieux. Mais, comme à la ruse doit répondre la ruse, je pris mon chameau par la bride, feignis de partir, et au bout de deux cents mètres rebroussai chemin sur la pointe des pieds.

Je m'approchai du vase par-derrière, presque sans respirer, et sautai brusquement en face de l'inscription. Or ce que je vis me combla de stupeur : l'argile n'était plus craquelée par le temps, comme tout à l'heure, mais humide comme celle d'un pot sur le tour du potier ! Et elle était en train de se malaxer toute seule, comme sous des mains invisibles ! Cela dura le temps nécessaire pour qu'elle redevienne parfaitement malléable et aussi souple que de l'argile neuve. Puis le ventre du vase remodela de lui-même son arrondi, sécha instantanément, se craquela de ses fausses craquelures de vétusté, des lettres se gravèrent l'une après l'autre, et une nouvelle inscription se forma :

"Deux directions sont en moi ;

Si tu dors, réveille-toi !"

Encore sous le coup de la stupéfaction, je mis un certain temps à me ressaisir : je restais là, un peu ahuri, à contempler sans comprendre. Finalement, une lueur se fit tout doucement au fond de mon esprit, et je parlai tout haut comme pour l'aider à naître : Deux directions sont en moi... Deux directions sont en moi...

Et, soudain, le sens de cette phrase me sauta aux yeux : En moi ! *EN* moi ! Dedans ! Comment ai-je pu passer à côté ! Hé ! Je dormais ! J'éclatai de rire et criai à la cantonade : "Mais je suis réveillé maintenant !", ne doutant pas qu'Ibrahim m'observait.

Tout en riant encore tout seul, je passai à l'action. Je pris une corde, approchai le plus possible ma bête du vase, accrochai la corde au pommeau de la selle, montai, puis, me dressant de toute ma hauteur, je me penchai par-dessus le bord du vase. C'était bien ce que je pensais : le vase, comme tout bon menteur, n'avait pas de fond ! Hé hé !

Il devait être posé sur l'entrée d'une grotte. Je lançai ma corde, qui se déroula, et j'entendis un bruit sourd quand elle toucha le sol. Ce n'était pas très profond, mais on n'y voyait rien. J'enjambai le bord du vase, testai le nœud de ma corde de quelques tractions vigoureuses, puis me laissai glisser à l'intérieur...

Ma descente fut de courte durée. Je débouchai sur un vide, et lorsque je touchai le fond je vis, grâce à la lumière du dehors, que j'étais, en effet, dans une petite grotte. Le vase en formait comme la cheminée centrale.

Le sol était rocheux et humide. Je me trouvai dans le lit d'un oued souterrain ! J'inspectai le sol et découvris le mince filet d'eau qui serpentait là. Un trésor en plein désert ! J'avançai dans le boyau pour tenter de repérer sa source. Il fallait prévenir les gens !

Je rampai dans l'obscurité. Le filet s'amenuisait. Mes mains mouillées me guidaient. Bientôt, mes yeux s'habituant peu à peu à l'obscurité, je vis que l'eau formait un fil plus clair, légèrement argenté, qui tranchait avec la masse sombre de la roche et que je pus suivre facilement.

Les mains dans l'eau, je pensai à Ibrahim, infiniment reconnaissant.

À cette seconde précise, je perçus une lueur, très faible mais certaine, tout au bout du boyau. Je sus immédiatement ce qu'elle signifiait : Ibrahim se manifestait toujours ainsi, au cœur d'un instant de tendresse... J'allais vivre la Grande Rencontre ! Je m'élançai, follement ému, vers la fin de mon voyage...

## La prédiction faite à « Mayananda »

Ibrahim était là, assis sur un tapis de mousse détrempée, à côté de la fine source jaillissante. Et la lumière ne venait que de la splendeur qu'irradiait cet être immense.

Je voulus me prosterner à ses pieds, saisi par le respect. Mais il me fit relever. Alors seulement je le regardai, et voici ce que je vis : c'était le vieillard aveugle qui m'avait indiqué la route au début du voyage !

Je restai tellement suffoqué qu'il éclata de rire et me dit :

– Eh bien, fils ! On n'a plus le droit de jouer avec les apparences, depuis que tu t'y intéresses ? Toi qui as étudié les lois des apparences et des illusions, n'était-ce pas pour pouvoir, à ton tour, en jouer comme je viens de le faire, que tu me cherchais ? Eh bien, réponds !

J'essayai de reprendre contenance et balbutiai :

– Pardon, mon Maître, c'est la surprise !...

– Hi hi ! Je t'ai bien eu, hein ? Et pourtant, j'avais pris la peine de te prévenir moi-même de mon fichu caractère... Hi hi !

C'était ainsi, avec Ibrahim. On ne pouvait pas se prendre au sérieux. Ni lui, ni soi-même. Son grand humour emportait tout, et on se retrouvait à rire comme des gosses. Je me sentis heureux... »

À cet instant de son récit, Tofaïr regarda Al Razam le Guèbre droit dans les yeux et tenta de lui faire partager intimement la joie qu'il avait réellement reçue du vieil homme. Et il devina que, malgré la tension, le Guèbre avait accepté son cadeau. Ce fut une seconde très fugace et très douce, que peu perçurent.

Dans la tribune, Dévayani caressa son collier de perles...

Tofaïr poursuivit :

« – Allons, me dit Ibrahim. Tu as beaucoup appris en route... Et tu as réussi à venir jusqu'à moi ; sache que rares sont ceux qui y parviennent.

Si le voyage ne t'a paru ni épuisant ni impossible, c'est que ta foi est grande, et elle t'a porté...

Il ferma les yeux et resta longtemps plongé dans une méditation profonde. L'eau qui gouttait paisiblement ponctuait le temps à la manière d'une clepsydre.

Enfin il rouvrit les yeux et me fixa longuement.

Quand il me parla, sa voix avait changé de timbre ; elle était maintenant singulièrement profonde et émouvante, et résonnait dans toute la grotte.

– Tu fais honneur à tes maîtres, tu t'es montré digne de les égaler. Cependant, s'ils ont su magnifiquement te guider jusqu'à la porte de la maîtrise, toi seul peux l'ouvrir : il te reste une dernière épreuve, décisive. Si tu réussis, tu verras ton travail de tant d'années enfin couronné de succès. Je vais te dire ce que tu dois faire ; écoute attentivement.

Tu as vu l'eau sous les sables... Nul ne doit la voir sans le faire savoir : ici même, tu creuseras un puits.

Insensiblement, la voix se fit psalmodie, parole de visionnaire.

– Au moment exact où tu saisiras la pelle,
se déclenchera au loin le prodigieux voyage
de celui qui t'apporte ce qui t'est destiné !

Toi, tu creuseras, et lui, marchera.
Jumeaux des cieux, vos routes sont parallèles.
Vous vous croiserez dans ce désert
sans le savoir ni vous voir.

Quand lui, là-bas, sentira son cœur vibrer
Toi, ici, offriras l'Eau Nouvelle.
Même rythme.
Les gouttes d'eau seront des perles de rosée...

Après, cours en ville, au plus vite ;
Au cœur de la foule, il t'attendra.
Prends garde !
Le temps des convergences est terriblement bref...

Et pour l'eau que tu auras donnée,
Tu recevras ce qui fera de toi
Le Maître des Apparences !

Ibrahim resta un instant silencieux, puis conclut :
– Voilà... Tu sais tout ce qui t'est nécessaire. Mets-toi à la tâche dès à présent... Dieu te bénisse, petit ! »

Tofaïr termina rapidement son récit :
« La suite coule de source, si je puis dire... Je remontai à la surface. Le vase avait disparu. Sur

son emplacement exact je me mis à creuser. Et tout se passa comme prévu. Au retour, je rencontrai ce jeune homme, Tofaïr, mon jumeau des astres, au cœur de la foule, ici-même. Il me dit qu'il avait traversé bien des dangers pour m'offrir cette bague... »

## Retour à l'arène
## Tofaïr joue sa tête

Tofaïr sortit de son rêve, regarda le Guèbre, la foule autour de l'arène, et resta un instant silencieux. Son récit était fini, et Mayananda, le vrai, n'était toujours pas arrivé... C'était embarrassant. Que faire, maintenant ? Le temps de la parole était dépassé depuis longtemps. On attendait des actes. Les gens s'impatientaient, les deux rois aussi. Le Persan allait bientôt crier au scandale...

Il réfléchit un instant. Il pouvait faire encore une chose, une seule. Mais ce faisant, il prenait un risque suprême pour sa vie.

Son idée était la suivante : quand on l'avait pris pour l'ambassadeur de l'Inde, cette bague était à son doigt ; quand on l'avait pris pour Hassan le Bédouin, cette bague était à son doigt ; quand on l'avait pris pour Mayananda, cette bague était à son doigt. Elle s'appelait la Bague des Apparences. Si, maintenant, il l'ôtait de son doigt, il était plus que probable qu'il reprenne son vrai visage, celui que sa mère lui avait donné, celui auquel il était attaché. En fait de confusion, il tenait là un argument majeur. Mais ce faisant, il dépassait le champ d'un combat de mots, et entrait de plain-pied dans le combat de magie, où il était condamné à une mort certaine.

Pourtant, il vit clairement ceci : même si Mayananda n'arrivait pas, il avait quand même une chance de gagner ce combat grâce à ce simple geste !... Car en ôtant sa bague, il allait tout bonnement changer de visage. Pour tous, ce serait la meilleure magie qui soit. Et Al Razam était incapable de faire de même ! Oui, il avait une chance de gagner, même le combat de magie ! Incroyable !... Et il perçut que, s'il voulait le faire, c'était maintenant l'instant propice !

Il se lança :

– D'ailleurs, ce jeune homme, ce Tofaïr dont je te parle, tu le connais, tu l'as déjà rencontré. Peut-être voudrais-tu que je t'en remémore les traits ?

Son ton se fit légèrement théâtral, à cause de l'émotion :

– Regarde bien, ô Al Razam, car je vais prendre son apparence ! Regarde !...

Et il ôta la bague...

## Le temps des convergences

Et il gagna.

Car à la seconde même, comme il l'avait prévu, il reprit son visage ! Il ressentit à cet instant une délicieuse anxiété, ô combien discrète, et tourna furtivement la tête vers les tribunes royales... Dévayani le vit et lui sourit. Et il fut pleinement rassuré ; il remercia sa mère en pensée et se conforta dans l'idée qu'il avait bien raison de tenir à cette tête-là... Cependant, il remit la bague et retrouva le visage de Mayananda.

La foule, de son côté, qui avait manifesté des signes d'impatience pendant le long récit, resta ébahie par le prodige.

Le Guèbre était défait : le coup était cruel et meurtrier...

Tofaïr, exalté par le succès, reprenait haleine quand, tout à coup, un son de trompe retentit dans le lointain, immédiatement répercuté plus près, et ainsi de proche en proche ! Mayananda arrivait ! Mayananda était là !

Alors, inspiré, il saisit cette chance au vol, se tourna vers le Guèbre et enchaîna, grandiose :

– Sache, ô Al Razam, que je manie à ce point l'art des apparences que je peux même faire apparaître mon double !

Et se tournant vers les portes de l'arène, il ordonna, royal :

– Qu'on laisse passer !

Et dans le silence le plus complet, maîtrisant tant bien que mal son excitation, heureuse comme un enfant à qui on conte des merveilles, la foule se tourna comme un seul homme vers l'ouverture et attendit l'arrivée du « double ».

Laissons-la attendre et revenons une seconde en arrière, lorsque Mayananda était entré dans la ville.

Immédiatement, la route s'ouvrit devant lui. Il eut le temps d'apercevoir les gardes qui écartaient la foule. Alors, il courut à perdre haleine, de rue en ruelle, accompagné par les sons de trompe ; et c'est ainsi qu'il déboucha tout à coup sur l'immense esplanade où l'arène était dressée ; il fonça, entra et s'arrêta net, complètement ahuri : *car il était déjà là, en face du Guèbre !*

Dans sa stupeur, il chercha des yeux Dévayani aux tribunes. Elle fit deux gestes simples qui disaient : « Tout va bien ! » et : « Cours, cours, va, va, va vite ! »

Et Mayananda lui fit entière confiance et se projeta en avant, droit sur lui-même en quelque sorte...

Et quand les deux Mayananda furent côte à côte, une immense clameur s'éleva dans la foule.

Tofaïr la calma d'un geste impérieux et attendit que le silence soit complet. Alors il proclama :

– Voici le véritable Mayananda ! Qu'il soit le bienvenu et que le combat commence ! Car je suis Tofaïr...

Et il ôta la bague. Il eut un petit sourire ironique destiné au Guèbre et lui dit :

– Nous deux, nous avons déjà combattu, et j'ai déjà gagné...

Puis s'adressant aux deux :

– Ô Al Razam, ô Mayananda, je propose que vous combattiez sur les Apparences ! Chacun à votre tour, vous passerez la Bague des Apparences et montrerez vos talents !... Et que le meilleur gagne !

Alors, d'un geste solennel, il prit la main de Mayananda, lui passa la bague au doigt, et en même temps, d'un souffle, lui glissa à l'oreille :

– Ne crains rien, j'ai vu le Guèbre s'acharner sur elle : il ne peut rien en tirer !

Puis, tout haut :

– Montre ce que tu sais faire, et sois le Maître des Apparences !

Mayananda regarda Tofaïr avec intensité, comme si, pour lui aussi, le temps convergeait. Il reçut la bague avec un sentiment de profonde gratitude, de dévotion presque. Et Tofaïr sentit qu'elle était, en effet, sans aucun doute le but de son voyage.

Il en fut rassuré. Encore une fois, son invention avait dû frôler la réalité, sur ce point-là au moins. Cet homme allait faire des merveilles. Ravi, il se retira, son rôle étant terminé. Il ne chercha pas à fendre la foule pour rejoindre la tribune royale. C'eût été vain. D'ailleurs, Dévayani l'avait devancé, elle parvint à se faufiler jusqu'à lui.

Main dans la main, ils restèrent là, au milieu des gens du premier rang. Et c'est de là qu'ils suivirent le fabuleux spectacle que devait offrir Mayananda à son peuple.

## L'art enchanteur

Mayananda caressa un instant le chaton de la bague. Il souriait, heureux. Tous pouvaient voir qu'il était le véritable maître de la bague, car, sur son doigt, soudain, elle semblait parfaitement à sa place !

Mayananda entra en contact avec sa puissance majestueuse. La bague frémit, comme un cheval heureux de sortir de l'écurie. Et, de même que la poudre peut servir à faire la guerre ou des feux d'artifice, les fameuses « forces obscures et dangereuses » eurent enfin l'occasion de se déployer en beauté.

Ces forces ouvraient la Porte des Apparences. Mayananda entrevit derrière une autre réalité, un monde infini, et il fut émerveillé... Il sut qu'il venait de changer de monde.

Cependant, pour l'heure, l'urgence était de combattre. Il se risqua à utiliser la bague, laissant agir la plus petite des forces, celle justement qui permettrait de prendre toutes les apparences, à sa fantaisie.

Il tenta un premier essai, et se proposa de prendre l'apparence de Tofaïr, pour lui renvoyer la balle et mettre les rieurs de son côté. L'instant suivant, il s'était de nouveau transformé pour s'incarner en un deuxième Al Razam le Guèbre et venir se placer en face du vrai, mimant l'étonnement, comme dans une pantomime de théâtre populaire. La foule en délire applaudit à tout rompre. Pour la calmer, Mayananda prit l'apparence du roi lui-même, et s'inclina dans sa direction avec une grâce infinie. La foule se tut, saisissant subitement la dangerosité de la bague. Le roi seul s'autorisa à rire de bon cœur. Puis, poursuivant les hommages, il prit l'apparence de sa sœur Dévayani, pour prouver par la même occasion qu'il pouvait changer de sexe à sa guise et que rien n'était impossible à son art.

Ayant fait le tour des humains présents, il se sentait désormais extrêmement à l'aise, mobile, maître absolu de sa manœuvre ; il prit son envol vers des formes et des apparences plus lyriques, laissant libre cours à son imagination, son sens de la beauté et son goût du merveilleux.

D'abord, il apparut en Grand Éléphant Blanc, le plus sacré des animaux, le préféré du roi, celui qui était chéri par le peuple et respecté comme un dieu. Alors la foule se prosterna d'un seul mouvement. Mais lorsqu'elle se releva, l'éléphant avait déjà disparu ! Mayananda était devenu un dragon fabuleux, crachant le feu, dont le regard furieux roulait sur la foule terrifiée. Alors Mayananda éclata de rire, et son rire résonna dans toute l'Inde ! Ayant semé la terreur, il changea de registre et prit l'apparence d'une nymphe céleste, d'entre celles dont le corps possède cette angélique beauté qu'on appelle communément la beauté du diable. Elle s'avança, lascive, sous ses voiles, laissant deviner la perfection de sa grâce. La foule retint son souffle... Mayananda changea encore d'apparence. Il se fit tour à tour lion, tigre mangeur d'hommes et sublime oiseau des îles, pour ménager un temps de répit.

Puis, par amour du jeu, il devint un petit crapaud, bondissant en tous sens. La foule riait aux éclats et frappait des mains, ponctuant les bonds.

Mayananda, inspiré, suivit le rythme, jouant avec les spectateurs : il sautait, changeait d'apparence pendant qu'il était en l'air, et redevenait lui-même à chaque rebond. Le peuple, voyant cela, continua la joute et accéléra le rythme, qui devint endiablé. Mayananda prit l'apparence des divers objets familiers qu'on trouve dans toute habitation, même la plus pauvre. C'est ainsi qu'il se fit successivement marmite et pilon, calebasse ou mortier, le temps d'un rebond. La foule l'acclamait. Tout à coup, un mot fusa :

– Un lit !

Et Mayananda fut un lit.

– Un tamis !

Et Mayananda fut un tamis.

– Un grain de riz !

Et Mayananda fut un grain de riz, bien que personne ne le vît !

Alors la foule se prit au jeu, et ce fut à qui suggérerait l'objet le plus saugrenu. Mayananda obéissait à l'instant, et rien ne lui était impossible ; et ce fut un vrai inventaire domestique !

Après ce feu d'artifice virtuose, panoplie du monde concret et de ses simplicités, il s'élança vers des hauteurs symboliques. Alors, son talent ne connut plus de bornes, et il se passa un phénomène hallucinant : son corps éclata soudain en mille morceaux, qui furent comme mille étoiles brillant de mille feux et formant une sorte de voûte céleste improvisée, si proche que tous auraient pu la toucher ! L'instant suivant, il était un nuage diaphane aux mille replis éthérés. La foule resta bouche bée, admirative, contemplant les miracles et ne pouvant s'en rassasier.

Alors, rendant hommage à Ibrahim la Main blanche et à ses maîtres, il se transforma en une source jaillissante dont les gouttelettes infiniment petites se répandirent sur la foule telle une rosée immatérielle et une bénédiction.

Enfin, il finit en apothéose ; tout à coup, il reprit sa forme première et dansa, d'une danse sublime de délicatesse, sautilla gracieusement, puis s'étira soudain, s'étira, grandit, devint démesurément longiligne, et ne fut plus qu'un immense stylet. Et il grava dans le bleu du ciel une louange à l'immensité !

## La fin du Guèbre

L'instant parfait se dissipa. C'était fini. Mayananda, de nouveau sous son apparence humaine, épuisé mais rayonnant de plaisir et de triomphe, s'inclina profondément devant son roi.

Puis il ôta la bague, la tendit à Al Razam et dit simplement :

– À toi !

Le Guèbre la prit à contrecœur et la passa à son doigt. Il se savait vaincu. Mais il n'était pas de ceux qui ont l'élégance de coucher leur roi sur l'échiquier dès qu'ils jugent la partie perdue...

Et ce fut un spectacle lamentable que cet homme impuissant s'acharnant une dernière fois sur cette bague, fille de sa fantaisie, qui le narguait... Car les Apparences n'ont que faire de la rigidité, et la Bague des Apparences était l'amante des souples, de ceux qui ondulent dans la vie avec grâce et légèreté.

Il peina longtemps, aux prises avec lui-même, défait et humilié, incapable de s'avouer vaincu.

Après dix minutes d'attente silencieuse, la foule finit par s'impatienter et réclama la suite du spectacle. Mais Al Razam ne pouvait rien proposer d'autre que sa lutte dérisoire et sa face crispée...

Alors le peuple, frustré, se mit à le huer, oubliant naïvement que l'impuissance du Guèbre signait la victoire de l'Inde, et qu'il eût été plus opportun de s'en réjouir !

Le roi de Perse, qui avait un meilleur goût que son champion et avait bu suffisamment à la coupe du déshonneur, se leva dignement et lui lança :

– Retire-toi, Al Razam ! Tu m'as assez couvert de honte !

Puis au roi indien :

– Je suis à ta disposition pour établir avec toi les limites respectives de nos royaumes ; et j'accepte dès cette heure toutes tes conditions, car tu m'as vaincu aujourd'hui en un combat loyal et stupéfiant.

Une explosion de joie suivit les paroles du roi persan. Les Indiens exultaient, donnant libre cours à leur enthousiasme, et le roi Soleil de Paix dut attendre debout que la foule se calmât un peu pour faire les déclarations qui s'imposaient.

Il s'adressa d'abord à Mayananda :

– Ô mon fils, je sais que les sages n'ont que faire des honneurs, mais j'ai plaisir à te nommer grand maître de l'ordre du Naja blanc !

La foule applaudit : c'était la plus haute dignité du royaume. Mayananda s'inclina, rayonnant. Le roi se tourna alors vers sa fille et Tofaïr, et les invita d'un sourire à le rejoindre aux tribunes. Le chemin s'ouvrit, et ils y grimpèrent en un clin d'œil. Le roi les prit alors chacun par une main et déclara :

– Quant à celui qui vient de sauver notre pays, j'honore immédiatement ma parole en lui offrant Dévayani en mariage, comme je l'avais promis !

La foule ne fut plus qu'un délire de joie, qui sombra définitivement dans la folie de la fête. Le roi abandonna toute idée de dire quoi que ce fût de plus officiel, éclata de rire, et fit appeler son cornac.

Le roi de Perse, de son côté, se désintéressa d'Al Razam le Guèbre, le laissant pour mort dans l'arène. Mort de honte...

Alors, Tofaïr, la gorge serrée de voir cet homme à terre, joua des coudes dans la foule en liesse pour le rejoindre. Il lui saisit l'épaule, l'entraîna à l'écart dans un coin où on pouvait s'entendre et lui dit doucement :

– Al Razam, Ibrahim est dans le khan de la porte des caravanes, dans une chambre au premier étage. Il t'attend de toute sa tendresse et de tout son amour...

Al Razam cacha son visage dans les mains. Pour la première fois depuis son enfance, il pleurait. Puis même sa honte tomba, il étreignit les mains de Tofaïr, lui sourit d'un sourire qui ressemblait au bonheur et souffla simplement :

– Merci...

Tofaïr le regarda partir. L'orgueil du sorcier était mort dans cette arène, de mort violente... Il semblait libéré. Ibrahim avait eu raison de croire en cet homme... « Nul ne sera lésé... Une merveilleuse occasion d'apprendre... »

Il sourit, heureux, et rejoignit Dévayani et le cortège royal.

Les discours terminés, les deux rois se saluèrent, et la cour persane, morose, se retira vers ses tentes, aux portes de la ville. Le roi et les courtisans s'installèrent dans un silence lugubre. Ils devaient attendre la fin de la fête pour connaître les conditions du roi indien. Un mauvais moment à passer. Et voilà pour eux, définitivement.

## Paroles sur le dos de l'éléphant

Quant au roi Soleil de Paix, il gagna le cortège des cornacs, suivi de toute sa cour. Lui-même monta sur l'éléphant blanc, en compagnie des deux héros du jour. Dévayani partagea le palanquin de la maharani, sa mère. Dans le secret des tentures, elles avaient beaucoup à se dire... Laissons-les seules, et courons, plus vite que le cortège, rattraper l'éléphant de tête !

En ce jour de folie populaire, tout le monde, oubliant la distance royale, voulait approcher les héros. L'éléphant blanc et sa précieuse charge se frayaient donc un chemin parmi les vivats d'une foule déchaînée, les joueurs de tambourins et les danseurs. Le roi devait hurler pour se faire entendre des deux garçons, qui n'étaient qu'à quinze centimètres de lui, et finit par y renoncer : il se divertit à contempler la foule, et un sourire paisible ne quitta plus ses lèvres.

Ils avançaient depuis cinq minutes quand son attention fut attirée par un cercle formé autour d'un homme qui hurlait. Les deux garçons remarquèrent à leur tour ce pôle d'attraction et, ô stupeur, Tofaïr reconnut le barbier ! Il se dressa debout sur l'éléphant et surprit quelques mots :

– C'est moi qui l'ai rasé ! Oui ! Moi ! Et c'est moi qui lui ai tout raconté ! Ah, sans moi !... Ah, je n'ai pas usé ma salive en vain !

Tofaïr éclata de rire ; le roi se tourna vers lui, le sourcil interrogatif.

– Je le connais ! expliqua Tofaïr. Il faut que je lui dise un mot, ô Soleil de Paix !

Le roi hurla un ordre à son cornac, et ce dernier fit manœuvrer sa bête pour qu'elle s'approchât le plus possible du cercle des badauds.

Immédiatement, lesdits badauds se calmèrent face à la dignité de celui qui venait grossir leur nombre. Le barbier se tut, et le niveau sonore marqua une chute notable. Tofaïr en profita pour prendre la parole :

– Tu dis vrai, ô barbier ! Ta salive a dissous l'ennemi ! Sois mon invité d'honneur à la fête de noce !

L'image frappa tellement le peuple qu'elle valut au barbier le surnom de Dissolvant et un respect craintif quant aux vertus de sa salive. Il devint un héros national parmi les barbiers et vécut dans l'abondance, tous voulant se faire raser par lui. Et voilà pour lui, définitivement.

L'éléphant se remit en marche et gagna bientôt le pied de la colline où se dressait le palais, puis il amorça la montée par la rampe d'accès. Tous apprécièrent le calme de l'endroit. Mayananda, qui attendait depuis la fin du combat l'occasion de questionner Tofaïr, n'y tint plus :

– Ô mon frère, qui es-tu ? Et qui fut ton maître ?

Tofaïr éclata de rire :

– Mais je n'ai pas de maître ! Je ne suis pas disciple des sages !

Totalement surpris par cette réponse, Mayananda, qui voyait en Tofaïr un frère d'études, continua cependant :

– Mais tu sais faire fonctionner cette bague ! Alors, comment as-tu appris ?

– Personne ne m'a rien appris, et tout ce que je sais sur cette bague me vient d'Al Razam lui-même ! Je ne sais rien faire d'autre que la trouver, la perdre et la retrouver, la mettre et l'enlever. Et ce simple geste a déjà des conséquences considérables ! Mais je ne connais rien à la magie. Je suis profane en la matière.

– Cela ne se peut pas ! *La bague n'agit pas sur les profanes !* affirma Mayananda, très ferme.

– Ah bon ? La bague n'aurait pas dû agir sur moi ? répéta Tofaïr, soudain perplexe et un peu effrayé.

– Non, je suis formel ! Il faut savoir déclencher sa force, et c'est très difficile. La preuve, même le Guèbre n'y est pas arrivé !

– Mais alors, pourquoi a-t-elle agi sur moi ? s'affola Tofaïr.

– C'est exactement ce que je te demande de m'expliquer !... Tu ne le peux pas ?

– Non !

Ils se regardèrent et se turent, plongés dans la même incompréhension, et la question resta en suspens.

Le roi remarqua avec amusement :

– La confusion règne encore... Pourtant, le combat est fini...

Tofaïr avait offert cette bague à Mayananda pendant le combat. Puis il avait été ébloui par son art suprême. L'Indien semblait informé sur ce bijou... Mais Tofaïr ne le connaissait pas. Pas encore... Il osa le tester :

– Dis-moi, ô Mayananda, cette bague t'appartient-elle ?

Mayananda regarda Tofaïr droit dans les yeux, de son regard si clair et lumineux, et répondit très humblement :

– Non, mon ami. Cette bague n'appartient à personne. Elle croise mon chemin, c'est tout...

Il eut un sourire radieux :

– Je suis heureux d'apprendre avec elle, un moment...

Touché en plein cœur, Tofaïr sourit comme un enfant émerveillé. Ses propres mots, ceux de Chiraz, comme en écho... Voilà... La bague était arrivée à bon port... Il était en paix.

Les deux garçons se sentirent proches. Ils se souvinrent alors qu'ils étaient censés former « un être à deux têtes », et cherchèrent ce qui les unissait d'autre.

– J'ai aimé ton art, dit Tofaïr. La rosée finale était vraiment très belle...

Mayananda le regarda joyeusement :

– Tu vas épouser Dévayani...

Ce fut au tour de Tofaïr d'être heureux. Ils se comprenaient au-delà des paroles.

Sans qu'ils se le disent, leur esprit vola vers Ibrahim avec gratitude.

Sous son palanquin, Dévayani caressa doucement les perles de son collier...

Tout ce temps, ils restèrent plongés dans le silence. Mayananda rêvait à ses futurs travaux. Tofaïr tentait de réaliser qu'il allait épouser Dévayani. Quant au roi, il était aussi sous le coup des émotions : en une seule journée, il avait sauvé son royaume, marié sa fille, assisté au spectacle le plus troublant qu'il lui ait été donné de voir, et gagné la présence à ses côtés de deux êtres magnifiques, dont l'un serait un jour son successeur sur le trône.

# La double fête

Ils arrivèrent au quai où l'on descendait des éléphants. Les courtisans étaient déjà là et formaient une haie d'honneur. Le roi et Tofaïr furent accaparés par la foule ; Mayananda, lui, réussit à s'éclipser discrètement et à rejoindre Dévayani.

– Ô ma sœur, raconte-moi tout !

Dévayani sourit :

– On a le temps ! Assieds-toi là. En même temps, nous préparerons les fleurs et les parfums.

Elle lui désigna un coussin et, pendant que ses mains habiles nouaient les colliers de jasmin, elle lui raconta tout en détail, depuis l'arrivée de Tofaïr dans la salle du trône, jusqu'à son entrée à lui dans l'arène, sans oublier l'histoire du Vase d'Argile, que Mayananda écouta avec la plus grande attention tout en lui passant les fleurs une à une.

Lorsqu'elle eut achevé, Mayananda n'avait pas trouvé de réponse à toutes ses questions intérieures ; mais il embrassa sa sœur et déclara, tout ému :

– Quelle merveille d'homme, ma sœur ! Tu as bien choisi. Je suis heureux...

Là-dessus, il la laissa à ses préparatifs.

Les préparatifs de la fête battaient leur plein. Le palais fut revêtu de ses décors d'apparat ; la cuisine connut une effervescence de bon augure. Enfin, tout fut prêt pour la double cérémonie, unissant le mariage et la victoire. Le roi ordonna les distributions traditionnelles en ville, et les réjouissances furent générales. Les grands du royaume, les sages encore présents, tous furent invités.

On n'oublia ni le barbier, ni Si Vite, Six Morts, le courrier, qui reçut en plus, en présent personnel du roi, une terre où s'installer. Il promit d'y élever des chevaux dans le calme et la tranquillité, et demanda l'honneur d'offrir son premier poulain à l'enfant que la princesse aurait un jour. Le roi sourit et lui répondit :

– Tu es l'homme le plus rapide du royaume ! Voilà que tu offres des cadeaux qui n'existent pas encore à des enfants qui ne sont pas encore nés ! Sois béni pour les avoir bénis ainsi le premier !

Le courrier partit s'installer, et voilà pour lui, définitivement.

## Éclaircissements apportés pendant le festin

Dévayani, gracieuse et rayonnante, fit une entrée qui amena un sourire de plaisir sur toutes les lèvres. Avec cette extrême simplicité qui la rendait royale, elle s'approcha de son père, qui la fit asseoir à ses côtés ; Tofaïr et Mayananda furent installés côte à côte aux places d'honneur.

Puis les invités furent conviés à se réjouir sans contrainte. Pendant le repas, la conversation s'orienta vite sur les pouvoirs étranges de la Bague des Apparences. Tofaïr, se tournant vers Mayananda, lui fit remarquer :

– Ce qui me plaît le plus, c'est que ce soit le Guèbre lui-même qui l'ait fabriquée !

Autour d'eux, on avait entendu. La nouvelle se répandit à travers la grande table, et la stupeur fut générale. Les fourchettes se suspendirent en l'air, et un grand silence intrigué tomba sur l'assemblée. Les regards convergèrent vers Tofaïr.

– Tofaïr, reprit le roi, nous brûlons tous de curiosité ! Conte-nous donc toute ton aventure en détail. Si tu veux bien...

Tofaïr conta alors une nouvelle fois son histoire. Mais il ne la conta pas comme il avait fait dans le désert, ou comme elle fut contée ici-même, dans ce livre. Il la conta d'une façon plus profonde, riche de cette compréhension nouvelle que lui avait donnée le nom de la bague... Il mit en valeur le lien qui l'unissait à elle, et combien il avait été important pour lui de l'arracher au Guèbre, et, pour finir, combien elle l'avait aidé, à son étrange manière, à se révéler à lui-même. Il raconta avec émotion la délicatesse d'Ibrahim, ses actions minimales et décisives, son amour inconditionnel, ses ruses, et il finit par une poésie sur la rosée, qui fit pleurer l'assemblée et rougir Dévayani.

Quand il eut terminé, un silence prolongé prouva que les gens étaient touchés. Mayananda intervint le premier :

– Ô mon frère ! Quelle merveille ! J'ai compris en t'écoutant pourquoi la bague a agi sur toi. Tu avais déjà acquis un tel art des apparences par ton talent de parasite qu'elle s'est déclenchée naturellement, *par affinité*. Tu étais un terrain très favorable !

Les gens rirent, et les commentaires fusèrent de partout.

– Mais, au fait, fit remarquer quelqu'un dans le brouhaha, qu'est donc devenu notre ambassadeur à Bagdad ? Le vrai, s'entend !

– Oui, en effet ! s'écria tout le monde en même temps. On l'avait oublié ! Où peut-il être passé ?

– Je n'en sais rien, répondit Tofaïr. Tout ce que je sais, c'est que son retard lui fut providentiel. S'il avait fait partie de la caravane, il n'aurait pas échappé au massacre...

Un silence méditatif s'ensuivit, où chacun admira l'ordre du monde.

Enfin, quelqu'un fit encore remarquer :

– Tu nous as conté l'histoire de la bague et de ton père ; mais, si j'ai bien suivi, c'est une pure invention ! Alors, quelle est la véritable histoire de cette bague ? Que faisait-elle dans les entrepôts des parasites de Bagdad ? Enfin, je veux dire, comment diable a-t-elle pu aboutir dans un lieu aussi incongru ? Une bague fabriquée en Chine ! Et ayant appartenu à l'empereur ! C'est vraiment étrange !

– Ah ! ça, répondit Tofaïr, je crains fort qu'on ne le sache jamais ! Quoique..., hésita-t-il, se tournant vers Mayananda. Sais-tu quelque chose ?

– Mais oui, au fait ! Mayananda ! renchérit le roi. Dis-nous ! Et, de plus, nous ne connaissons ton périple qu'à travers la merveilleuse imagination de notre conteur ! Comment donc s'est passé réellement ton voyage ?

Tous se tournèrent vers Mayananda, dans l'espoir d'entendre un nouveau récit.

– J'ai peu de chose à révéler, se récria-t-il en souriant. Sachez simplement que pour nous, qui cherchions à percer le mystère des apparences, cette bague était un mythe. On la savait perdue depuis longtemps. Beaucoup de fausses légendes couraient sur son compte. Certains partaient à sa recherche, et ne rapportaient que déception et épuisement. On s'accrochait à ce qu'on savait d'elle : qu'elle donnait accès à une autre réalité ; qu'elle était liée à Ibrahim ; qu'elle restait « fermée » quand on ne savait pas l'ouvrir. Mais on ne la cherchait plus. On cherchait Ibrahim...

On savait aussi que ses forces n'étaient pas obscures : seul l'usage qu'on en ferait pourrait être obscur et dangereux, de même que la poudre peut servir à faire la guerre, ou des feux d'artifice qui émerveillent les gens... J'avais choisi le feu d'artifice. D'autres, tel Al Razam, qui avaient choisi la guerre, se sont retrouvés avec une bague « fermée ». C'est à force d'être fermée, sans doute, que la bague fut délaissée, puis perdue... Mais son heure vint, dit-il, plein d'une foi tranquille, et le reste appartient à Tofaïr et au mystère de la vie !... Quant à mon voyage, je ne peux, bien sûr, rien dévoiler, puisque c'est un voyage initiatique. Mais je remercie Tofaïr d'avoir su préserver mon secret par sa création si poétique.

Tous apprécièrent la sincérité de Mayananda, et le roi lui dit sa gratitude d'avoir, un instant, partagé l'esprit de sa quête.

## Brève apparition

Or, Dévayani avait écouté le récit de Tofaïr, la main posée sur son collier, songeuse. Elle semblait émue. Le rose illuminait ses joues. Elle avait changé de place, comme pour mieux voir Tofaïr, et était allée s'asseoir à côté d'un des sages invités. Elle semblait bien le connaître ; elle lui avait pris la main en écoutant quand elle s'était sentie submergée par l'émotion. Le récit révélait toute la beauté de ce jeune homme qu'elle avait choisi d'un seul regard, dans la salle du trône, se fiant à une profonde intuition. Elle aima sa gaieté, son courage, sa simplicité... Elle ne s'était pas trompée. Après la victoire, quand il avait parlé au Guèbre, elle avait pressenti sa royauté. Et maintenant, elle était sous le charme de son sourire irrésistible.

Avec une infinie tendresse, elle murmura :

– As-tu remarqué, ô Tofaïr, mon lumineux époux, qu'on te prenait toujours pour celui qu'on attendait ? Le vizir attendait notre ambassadeur, le Rapide attendait son frère, ici on attendait Mayananda...

Tout le monde entendit : « Et moi, je t'attendais », mais, bien sûr, elle ne le dit pas.

Le sage qui était à ses côtés, la main encore dans la sienne, demanda gentiment à Tofaïr :

– As-tu invité Ibrahim la Main blanche à tes noces, mon fils ?

– Je le voulais... Je suis allé le chercher au khan pendant qu'on préparait la fête au palais, mais je ne l'ai pas trouvé..., fit Tofaïr avec regret.

Tous sentirent qu'il était blessé qu'Ibrahim ne fût pas là.

Le sage reprit avec une infinie douceur :

– Crois-tu donc qu'il ait besoin d'être cherché pour être trouvé, mon fils ?

Les gens se tournèrent vers lui. Jamais un tel amour n'était passé dans de simples mots. Le visage de Tofaïr s'éclaira. Il avait reconnu le « mon fils ».

Alors, là, à table, sous les yeux de tous, se passa une chose qui aurait pu être spectaculaire, mais qui, après la prestation de Mayananda dans l'arène, sembla tout ordinaire : le sage quitta son apparence de sage et tous eurent devant eux le vieil aveugle, apparence préférée d'Ibrahim la Main blanche !

Ainsi, il était présent depuis le début de la fête !... Tofaïr, ému, heureux, l'étreignit avec fougue.

– Ô mon père ! C'est bien vrai que tu sais disparaître et qu'on ne te trouve que si toi, tu le veux !

– Hi hi ! Je voulais me réjouir de votre bonheur incognito !...

Sans lâcher la main de Dévayani, il saisit celle de Tofaïr, les réunit, et dit simplement :

– Elle t'aidera à ouvrir plus encore les portes de tes perceptions ; car, vois-tu, elle, elle savait déjà que j'étais là... Hi hi !... Et toi, fils, tu l'aideras à jouer le jeu merveilleux de la vie... La bénédiction de Dieu sur vous et autour de vous !... Je témoigne de votre union. Et suis heureux que vous soyez réunis... Hi hi ! Je ne suis qu'un vieil entremetteur !

Dévayani ne put retenir un petit rire, et elle détourna la tête d'un mouvement exquis. Voilà, de nouveau, plus rien n'était sérieux ; tout devenait merveilleusement drôle. Ibrahim était là, et la joie illuminait tous les visages.

Il se rassit à côté des mariés et leur parla ainsi :

– Mon fils, ne crois jamais que c'est Dévayani qui t'emplit de réalité. C'est ton choix de combattre pour la paix et l'honneur qui t'a grandi et transformé. Et toi, ma princesse, ne crois jamais que c'est lui qui te rend heureuse ainsi. C'est avoir osé le choisir qui t'a élevée. Ainsi, voyant votre propre beauté, vous verrez toujours celle de l'autre. Et votre amour sera pur comme la rosée.

Sur ces mots, Ibrahim disparut. C'était sa manière... Chacun resta avec l'esprit merveilleux qu'il avait laissé derrière lui. Le silence dura longtemps. Les gens se sentirent tranquilles.

## Tofaïr trouve sa place

Vint le moment où le roi dut faire un discours royal et solennel. Il se leva.

– Tofaïr, mon gendre, j'ai appris à te connaître et t'apprécier ; et enfin, j'ai entendu le récit de ta vie.

J'aimerais dire à quel point je suis fier, en tant que père, que Dévayani t'ait choisi, me permettant ainsi de te compter parmi les miens.

En tant que roi, j'ai mesuré ton courage réel face au danger et compris que tu as risqué ta vie pour cette paix. J'ai mesuré ta présence d'esprit époustouflante, ton sens de la repartie, ton honnêteté, ta droiture et ton humanité. Par toutes ces vertus, tu as montré que tu étais digne des plus hautes charges du gouvernement. C'est pourquoi j'aimerais faire de toi celui qui continuera à maintenir cette paix si chèrement acquise et celui qui servira au mieux ce peuple qui t'a déjà adopté.

Moi, Soleil de Paix, à l'heure et à l'instant et par les pouvoirs qui me sont accordés, j'ai l'honneur de te nommer... – il laissa affleurer un sourire – ambassadeur de l'Inde...

Tous les convives entrèrent en liesse, acclamant la justice et la finesse de Soleil de Paix.

Tofaïr s'inclina respectueusement. Mais on n'entendait plus que :

– Ce n'est que justice !

– Et c'est joli, aussi ! Très joli !

– Le cercle est parfait !

– Oui, la boucle est bouclée !

– Il le mérite !

– Oui, c'est sa place juste !

– Et il apprendra parfaitement son futur métier de roi !

– Ah ! Oui, c'est vrai ! Dévayani a choisi le successeur de son père !

– On n'y pensait plus !

– Bah ! Ils s'aiment tant ! Ils ont le temps !

Les amoureux, main dans la main, laissant l'assistance commenter la nomination, s'éclipsèrent... Et tous leur souhaitèrent de passer, par leur amour, les portes de l'éternité.

# Épilogue

Ne dit-on pas qu'à parler des gens, on les fait venir ? Eh bien, c'est pure vérité. Car, deux jours plus tard, alors que la fête battait son plein, arriva enfin en courant, très essoufflé et très en retard, celui qui fut congédié sur-le-champ pour cause de « retard impardonnable », j'ai nommé l'ambassadeur de l'Inde, celui qu'on avait laissé à Bagdad !

Il entra dans la salle du trône, confus et éploré, en balbutiant :

– Excusez-moi ! Excusez-moi ! Je suis navré ! Je suis très en retard ! Terriblement en retard !... J'ai été retenu à Bagdad, j'ai raté la caravane ! Oh !

C'est toute une histoire ! Vous ne pouvez pas vous imaginer ! Tout cela à cause de cette femme... Ah, quelle aventure ! J'en suis encore tout retourné ! Cela commença alors que je me promenais tranquillement dans un certain quartier de Bagdad... Soudain, je vis...

Et ce qu'il avait vu devait se révéler lourd de conséquences, n'en doutez pas. Mais c'est une autre histoire...

*Cet ouvrage a été composé et mis en pages*
*par DV Arts Graphiques à Chartres*

*Impression réalisée sur CAMERON par*

**BRODARD & TAUPIN**

GROUPE CPI

*La Flèche*
*en avril 2005*

*Imprimé en France*
N° d'impression : 29337